講談社文庫

この世の喜びよ

井戸川射子

講談社

目次

この世の喜びよ

この世の喜びよ

あなたは積まれた山の中から、片手に握っているものとちょうど同じようなのを探した。豊作でしたのでどうぞ、という文字と、柚子に顔を描いたようなイラストが添えられた紙が貼ってある。その前の机に積まれた大量の柚子が、マスク越しでも目が開かれるようなにおいを放ち続ける。あなたは努めて、左右均等の力を両脚にかけて立つ。片方に重心をかけると体が歪んでしまうと知ってからは、脚を組んで座ることもしない、腕時計も毎日左右交互につける。あなたは人が見ていないことを確認しつつ片手に一つずつ握っていき、大きさ重さを感じながら微調整し、ちょうどいい二つをようやく揃えた。喪服の生地は伸びにくいので、スカートの両側についたポケットにそれぞれ滑り込ませると、柚子の大きさで布は幕を張り膨らむ。この柚子は娘たちに、風呂の時に一つずつ持たせてやろう、とあなたは手の中のを握りしめた。従業員休憩室に、おすそ分けがこうして取りやすく置いてあるのは珍しい。大きなショッピングセンターなので休憩室は広く、売り場のコーナーごとに仲良くしてまとまっている。仲間内でお土産が配られていたりして、普段は分け合っているのを横目で眺めるだけだ、お菓子などは、あなたにはいつも回ってこない。

喪服売り場の向かいにはゲームセンターがあり、店員たちは若く、キーホルダーの群れとiPad、タンバリンを腰から吊り下げて、店内をより賑やかにしている。クレーンゲームの中に丁寧にぬいぐるみを並べ、後ろに控えるものたちにはセロハンテープを使って、よりかわいく見えるよう顔の向きを調節している。客がクレーンゲームやメダルゲームで成功した時に打ち鳴らすためのタンバリンは、歩くたびにその動きだけで鳴る。家から近いので、まだ幼稚園にも入れない年だった娘たちと、時間をやり過ごすために毎日ここに通った、お世話になった、とあなたは昔を思い出すたび頷く。スーパーの部分だけでも、その頃とは配置や入っている店は様変わりしているけれど、プラレールの車体の長い箱をどんどん引き出し遊んでいた姿が、今でも目に浮かぶ。ベビーカーにのる下の娘は取れるものを手当たり次第に取り、先の細くなった指で持つもの全てを喜び、高く振りかざしていた。その手に取ったのを、片っぱしから上の娘が奪っていっていたから、下の娘には我慢をさせた、でもあの場では三人みんなが我慢していた。まだ角の取れていない、先の尖った歯が並ぶ口を開け、上の娘は昔あったクレープ屋の前から動かなかった、その手からは色んなにおいがした。トイレへ続く廊下は今よりもっと、細く迫りくるようだった。階段が何段あるかも知っている、カーブする時のベビーカーの重さまで思い出せる気がするが、勘違いだろう。今もそういう親子たちが朝から来て、あの時のあなたたちと同じように、ゲームセンターの遊具にお金を入れずに跨《また》がったりしている。流れるバックミュージックを頼りに、あなたはここでなら目を閉じていても歩ける。

娘たちがまだ家に関心のある頃は、あなたも休憩時間には一旦、おやつの準備などしに帰宅していた。家の二階の窓から、ショッピングセンターの大きなクリーム色の体が見えるくらいだ、外の壁に合わせて、内側も薄黄色だ。今は休憩のたびに、財布などの小さな荷物をロッカーから素早く取り出し、喪服が恥ずかしければコートなどを上に着て、ショッピングセンター内部をゆっくりと一周回る。家と違い、夏も冬も適温だ。コロナ禍で緊急事態宣言が出た時は、専門店街にシャッターが閉まったので家に帰った、あれは不便だった。あの時は行くべき場所がなくなって外も歩いた、屋上の駐車場まで出てみた。近くの大きな道路の音が絶えず聞こえた、夜になれば棒の部分にライトが灯る。昔ほどお腹も空かないので、あなたは昼ご飯を食べなくても平気なのだ、昔は午前のおやつまで食べていたのに。ゲームセンターでは、おじいさんが鮮やかにボタンや取っ手を操作して、メダルを大量に落としている。

靴を脱いで遊ぶ、滑り台やジャンプ台のあるスペースがあって、娘たちが小さい時にもこれがあれば、すごく便利だっただろう。用もないけれどあなたは靴を脱ぎ、湿ったようなカーペットを足の裏に感じる。縦横無尽に走っているのによくぶつからない、みんながみんなを真似して動いているみたい、とあなたは思った。大勢が親特有の高い声で子どもに注意していて、向かう先のないあなたの声は昔ほどはハリがなく、出してもきっと誰にも聞こえない。娘たちだって育ち終える前は、その時その時で、抱きしめるのにちょうどいい大きさだった。弟をずっと守っているお兄ちゃんがいて、他の子に体が当たれば必ず謝っている。高校生になるまで狭いアパートで暮らしていたから、自分は運動ができないのだとあなたは思っている。大きなソファや室内に階段でもあれば、また違っただろう、あなたは自分の家に、人を呼ぶのが恥ずかしかった。目の前の赤ちゃんたちの、全部が丸でできたような顔を眺める、端には造花が惜しげもなく繁り、硬く波打つ葉を伸ばしている。あなたは靴を履いてそこから出ていく。

パンバイキングの店から出てきた女の子たちが、夕ご飯はうどんでいいと言い合っている。幼い娘たちはパンを食べさせれば、確かに口から小麦の発酵したにおいが、夏ならいつも麦茶のにおいがした。エレベーターの横は仏具店で、スタイリッシュな仏壇が並んでいる。LEDで灯る線香も、ペット用の飯椀もある、ここだけ荘厳な音楽が流れる。翡翠《ひすい》のようなのや白の石でできた、皿や花瓶の一揃えもおしゃれだ。家を模した、屋根の形が簡略化されたようなデザインの仏壇もあるが、この次もまた家みたいなものに住むというのは、あなたにはあまり惹かれるアイデアではなかった。洞窟の形というのはどうだろう、と立ち止まり、ほらこの、屋根の三角形をドーム型にするだけで、とその冷たいのを指でなぞってみた。洞窟の方が、家よりどこか知らないところに、繋がってる感じがするじゃない。マッサージの店の前は過剰ないいにおいがする、トイレの壁にもハロウィンの飾りが取りつけられていて、あなたは四季まで存分にこのショッピングセンター内で感じることができる。まだ暑い時からここは二ヵ月ハロウィンで、その後二ヵ月はクリスマスだ。

休憩が終わる前に食料品売り場に寄って、ロッカーに入れておいても腐らないようなものを買っておく。仕事中にぼんやりと献立を組み立て、足りないようなら帰り際に刺身でも買う。娘たちは帰るのも食べるのも別々の時間だから、メニューを工夫しなければならない。パンはかさ張り、山のような量をカゴから袋に詰め替えながら、これもこれもいらなかったかもしれない、とあなたはいつも自信をなくす。あちらの自動ドアが広く口を開け、入ってきた子どもが、もう屋根があるのに傘を差し続けている。昼だけ降るとニュースで言っていた、自分には関係のない雨なので忘れていた。先端の金具にぬいぐるみのキーホルダーがつけられており、それを先頭にするように歩いて、ぬいぐるみは遠目にも濡れている。

喪服売り場の店員になって良かったことは、仕事着で通勤でき、そのまま電車にでも乗れることだとあなたは思っている。その前に少しした、スパゲッティ屋のバイトの制服ではこうはいかなかった。なぜかぴったりとタイトな膝丈のスカートを穿《は》かされ、上は真っ赤なポロシャツだった。ここはショッピングセンターの中に入っているスーパーだから、休日や夕方は客が多い。喪服売り場にはいつでも人はあまり来ないが、休憩時間の散策が不便なので、本当は客の少ない平日だけの勤務ならありがたい。あなたの勤務は週に五日、あとの日や半日の交代で加納《かのう》さんが来ている、棚卸しの時などは一緒にシフトに入ることもある。商品の整理を裏でする時や、休憩の時は別に売り場にいなくても困らない、二人のどちらもいない時には会計は、スーパーの衣料品レジの人が素早く、踊るようにやってくれる。あなたは喪服売り場をさりげなく歩き、呼び止められれば説明をし、買ってくれるなら喪服を抱えてレジに、客と共に並ぶ、会計をしてあげゆっくりと包む。ここはいつでも適温なのに、接客をすればあなたは汗をかいてしまう。客がいなければ棚のすき間にある、小さな白い作業台の前で控えめに立ち尽くしている。加納さんはそこに立っている時も、客の目線がなければチャンスとばかりに俯いて、首の筋肉に入れる力さえ出し惜しみしている、加納さんの細い背が、吊られて伸びる服に囲まれ目立つ。あなたはそうはありたくないので、さっきした書類の整理などを作業台でもう一度し直したりする。

二階の衣料品フロアは広く、見回せば太く四角い柱が看板で売り場を教えている。ここはその中の小さなコーナーでラック一列分、入学式などに着ていけるフォーマルスーツも売っているがメインの商品は喪服で、数珠《じゅず》や安い真珠、黒いハンカチも棚に並んでいる。思い出などをできるだけまとわりつかせないためなのか、喪服は撫でるとどの生地もさらさらとしている。加納さんは白髪を隠すためブロンズ色のショートカットで、あなたよりも年上だからか、いつも安全靴のような運動靴を喪服に合わせている。底がぶ厚く、足首まで包み込む形で、食料品売り場の人ならともかく、歩きやすさだけでそれを選んでいるなら、良くないとあなたは思っている。スパゲッティ屋と違って、重い鍋が落ちてくるのでもないのだから。上の人が来る時にだけ加納さんはヒールの高い、立ち方の癖で内側に曲がって、ヒールの棒が側面全体で地面を撫でていくようなパンプスを、ロッカーから出してくる。私のみたいにヒールの低い、合皮の柔らかいのにすればいいのにとあなたは言ってみたが、加納さんは、働いてる時に万が一でも怪我したくないじゃん、そういう靴って自分の形が染みついて恥ずかしいし、と運動靴の足で床を捏《こ》ねるようにしていた。

　売り場に戻ったあなたは姿勢良く立ち、ゲームセンターを眺める。客を呼び込んでいるのか、平日の昼によくいる店員たちがタンバリンを振っている。腰からいつも掛けていて気にならないのだろうか、楽に盛り上げるのに役立ちそうだけど。ゲームセンターの制服はストライプ柄のワイシャツ、黒いズボンに紺色のベストなので、少し変だとあなたは思っている。でも遊びに来る子どもたちには、きっと大人っぽく格好良く見えるだろう。夕方なので釣りのゲームには男の子たちが群がっていて、大きい水槽のような広い画面は遠くから見れば黒い沼で、それにかぶりつくようにして、手は釣り竿型のコントローラーを握っている。男の子たちの、今この瞬間も伸びていってるような脚が台を囲む、目の高さを合わせ、肩をぶつけて喜んでいる。少し近づいて見ると、真四角の綺麗な水辺で、睡蓮の葉の下から小魚の群れが現れたりする。ゲームなら害がなくてとてもいいと、自分の売り場の作業台に戻りながらあなたは思う。昔、近所のスポーツセンターには室内に小さな円形の釣り堀があり、水流の強い、暗い渦にまみれて魚たちが暮らしていた。一度やってみた、魚はたくさん入れられていたのですぐに釣れた。餌もつけていないのに、とあなたは驚いた。釣り上げたのが何なのかも分からないまま針から外そうとしたが、ぬめる表面を手は触れず、釣り竿を持ったまま魚を水面に叩きつけるようにして、何とかしようとした。本当なら、傷ついただろう体をそっと、波に差し込むように返せたら良かった。スポーツセンターの前を通るたびに、あの水の流れと沈み込んでいく魚を思い出してしまうので、そこが閉店した時は嬉しかった。あなたは風景ならいつまでも覚えておける、スポーツセンターの駐車場に敷かれた黄色い芝生が、太陽で粉っぽくなったにおいも思い出せる。それの横は不動産屋で、中のおじいさんが通学時にはいつも外に出て、小学生の相手をしていた。男女関係なく、その太い脚に抱きついていった。晴れた日のおじいさんは白髪も光り、厚い生地のズボンがいいにおいだったが、これは芝生のにおいと混じっているのかもしれない。売り場に立つあなたは、とめどもなくそういうことを考えている。あなたが自費で花を買い、来ればいつも水を換えてやる、棚の上の一輪挿しを眺める。体にもこの花瓶のように水が入っているということを思い出し、それは特に今頼もしいことでもない、手を揺らしてみたりするが実感もない。ショッピングセンターには真ん中にある大きな、チェーン店が並ぶ明るいのと、スーパーの二階にある古いの、二つのフードコートがある。スーパーの方のは、レジのカウンターと返却口が繋がっているような小さいやつで、穏やかな音楽が流れる。従業員出入り口から喪服売り場に出る時に横切るので、働いている日には毎日前を通る。だから最近少女が一人、夕方から暗くなるまでここにある席にへばりつくように、長い時間座っていることにあなたは気づいていた。少女は時々スーパー内を徘徊し、ゲームセンターやガチャガチャのところにもひっそりと立っていたりした。その夕方、あなたは帰り支度をして、喪服に雰囲気を合わせた黒いトートバッグに荷物を詰め、休憩中に買った食料品も持ちコートを羽織り、フードコートの前を通り過ぎた。通路と仕切る壁は半透明で低く作られており、中まで見渡せる、昼ならおじいさんとおばあさんでいっぱいだ。壁は白く天井はピンク色で、食券の販売機が電気で光っている。あなたはメニュー写真の前で、ここはいつまでもお子様ランチが三百九十円で安い、食べさせたことはないけど小さなラーメンと、揚げ物とゼリーまでついて、と立ち止まった。揚げ物はポテトと、唐揚げとエビフライまで入っている、子どもはきっと喜んで食べるだろう。少し目を閉じ、仲良しなんだね、と柔らかな娘たちを、自分の二つの太ももの上にのせていた頃の自分になってみる。広く暗い平野に、小さ過ぎる足で立ち尽くしているだけのような気がしてくる。

出入り口に近い席にいつもの少女は座っており、小さなテーブルに重ねられた教科書の高い塔が、何か手でも当たったのか雪崩を起こす。少女の、近くに寄せてあっただろうジュースのコップも倒れた。飲み終えれば返却口に返すような、フタのないプラスチックのコップなので、軽い音と残っていた細かな氷が床に広がった。あ、あ、と少女は立ち上がり、あなたはトートバッグから素早く小さなタオルを取り出す。これで、教科書から拭いて、床もこれで、とあなたは少女に差し出す。

「汚れちゃうから」

少女は手を小さく振って断るが、いいの、捨てていいの、子どもが小さい時からね、床を拭いてそのまま捨ててもいいようなタオルを、いつも鞄に入れてるの、とあなたは答える。教科書を触られるのは嫌かもしれないので、布をそっとその上に置く。上の娘が一度、おもちゃ売り場でおしっこを漏らしてしまった時、あなたはとっさに下の娘のよだれ掛けを剝ぎ取りそれで拭いた。床に落とされたよだれ掛けは、首もとに収まっている時より薄く見え、もちろん先によだれで濡れていたので、吸い込めなかった分が床で光っていた。靴でもみ消すようにすると広がるだけだった、あの失敗と反省が、あなたに小さなタオルを持ち運ばせ続ける。更衣室のロッカーの棚や、パンプスが汚れている時にも手軽に使えて便利だ。

大丈夫、とあなたは聞いた。少女は頷き、あなたの言う通りに教科書から拭き、散らばる氷も布で包み込んで捨てに行った。英語の教科書の表紙には大きく3と書いてあり、高校生には見えないから中学三年生なのだろう、たぶん、じゃあ十五歳とかかとあなたは思った。高校一年生が十六歳というのだけは覚えているので、あなたはそこから足したり引いたりする。戻ってきた少女は礼を言い、あなたのために向かいの椅子を引いてから、席に座った。あなたもその四角く冷たいところに座り、荷物は膝に置いた。毎日来てたってつまらないでしょ、何も変わらなくてとあなたは話しかけてみた。口調は少女を意識し、久しぶりにとても優しいものになった気がした。少女は何のことだか、でも自分が毎日ここに来てるのを知っていて、そう言う人はいるだろう、分かっていた、という顔の上げ方であなたを見た。

「バレッタの。喪服売り場の、いつもバレッタしてる方の」

少女がそう言い、あなたは責められでもしたように自分の後頭部に手をやり、何種類か持ち、いつも髪の上の方をすくって留めているのを確認するように触った。勤務中の暇な時にも、その集められ揃った髪の感触を楽しむために、あなたはよくその動作をした。つけていなきゃ、顔の周りに毛が垂れるでしょう、面接とか、接客の時なんか困るでしょう、と答えるが、あなたは早口になり少し説教くさくなってしまったかと反省した。自分だって説教をされるのが嫌で、あんなに早く年を取りたかったのに。

「バレッタ、別に今ダサくないよ。もう一人はミニスカの人でしょ」

ミニスカは加納さんのことだろう。加納さんは喪服のワンピースを、どれも自分で裾上げしていて、膝が出るか出ないか、そのあたりに調整しながら短くしている。でもあれは喪服では変なのだ、そんなことは中学生にも伝わってしまうのだ。加納さんは布でも紙でも色とりどりのマスクをつけていて、この前あなたが客として通りかかった時はピンク色のをしていた。葬式ならそれはしないだろうと、あなたは憤りながら後ろを通り過ぎた。でもこれがママでもきっと、私が注意したってマスクは派手な色や柄にし続けるだろう、華やかなのが好きだったから、とあなたは自分の母親を重ねてみた。

「でもミニスカで美脚第一なのかと思えば、運動靴みたいなん履いてるんだよね」

運動靴でも美脚よっていうことなんじゃないかな、とあなたは言い、二人は少し笑い合った。あなたはもっとこの話を続けたかったが、残念なことに少女の話はいろいろなところに飛んだり跳ねたりするのだった。話し相手ができたのが嬉しいのか、いつか誰かが来るのを待ってでもいたのか、テーブルの上に散らばる筆記用具さえ片づけ出した。少女はあなたの名札をじっと見た。少女の名札は、制服のブレザーに安全ピンで刺さり、ちょうどポケットに入る位置に隠してあるので見えなかった。学校の外では見えないように、気をつけて防犯しているのだろう、あなただって制服を着ていた時はそうしていた。少女の体は明かりを反射し、髪は細く丸い肩を時々撫でる。大きなリュックにはバランスを工夫してつけているであろうキーホルダーが並び、靴下は短いのが流行りなのだろう、手のひらくらいの幅の白色が足首を包む。いつもいるね、とあなたはひとり言のように言う。

「そうだね、あったかい時期ならどこでもいれるんだけど。寒くなってきちゃったからここにいるね、ジュース百五十円で、ずっと座ってられるし。うち、弟が一歳なんだ。ひどいよ、ずっと泣いてんだよ」

一歳、一歳はそうね、よく泣くんだっけ、とあなたは努めて思い出そうとした、何歳まで、子どもは訳も分からず泣くものなんだっけ。

「私が十五歳だから、歳が離れてるんだよね。お母さん、結婚してすぐ私が生まれて、たぶん男の子がずっと欲しかったんだよ、あと、子どもは三人生みたかったんだって。それはいいんだけどさ、私が弟の寝かしつけとかさせられるの。お母さん夢叶って、三人目の妊娠中でつわりでつらいから。布団一緒に入ってトントンし始めたのが七時で、九時まで寝つかないとか普通にあるよね。こっちが寝たふりしててもずっと寝ないで横で立ったり笑ったりさ、自分が変な顔になってきちゃってんのが分かるよ。胸の中のが出ちゃうよね、全部顔に。寝ろよって、怒鳴ったらお母さんに聞こえるだろうし。お母さんその間に家事とかしてるし。でも私我慢できなくて、替えたオムツ、おしっこ吸い込んだやつ弟の辺りにパーンと投げちゃった時あって、そしたらあれ、水吸った部分が粉々に飛び散るんだよ、ひどいよね。前は学校のじゃない、外部のチームでずっとサッカーやってたんだけど、脚の調子悪くて辞めちゃったから、部活は女子サッカーないし、やりたいのなかったし。だから放課後、帰って気まずくない時間ギリギリまで、まあ休みの日もたまにここにいます」

あなたは昔の自分に言ってあげるように、大変だ、と頷いた。娘たちの一歳の頃の記憶などあまりに遠く、こんなにうるさい場所と固い頭ではなかなか思い出せなかった。よく頑張ってる、とあなたはくり返した。

「そう、ご飯自分のから取り分けてあげといて、とか簡単に言うけど。食べそうなの取り出してハサミで、調理バサミね、細かくして、口からこぼしながらのを詰め込んでやって、私は後でそのダイニングで勉強するから、机も椅子の下も片づけて、拭いても米はどっかに落ちてて。お母さん専業主婦だし、保育園はやっぱり入れるわけなかったし、三歳なるまで幼稚園は行けないから。コロナが怖いから一時預かりとかも避けてるし。パート行って保育園にするとかでもいいのにね、幼稚園にこだわりがあるのかな。引っ越すから、もうすぐダイニングで勉強しなくても良くなるんだけどね。やっと引っ越すんだよね、私だけの時は狭い家だったのに」

少女の目には涙が盛り上がっているように見え、自分の思いを主張しているうちに泣いてしまうというのは、若い時にはよくあった、胸ってすぐに詰まるもの、とあなたは思い出した。そうだよね、いちいちが面倒くさいんだよね、そんなに褒められもせずにやってて、と答える。うどんでも何でも、あの子たちに分け与えながら食べるから、自分がどのくらい食べられるかも忘れちゃうんだよね。自分が行かせてたから言えるだけだけど、幼稚園っていいものだよとあなたは思った。入園式にはみんな同じ短い紺色の制服を着て、でもあの子たちだけが浮き上がって見えるの。そう、と頷き少女は、穂賀《ほが》さん、とつけたままだった名札を読み上げるように呼んだ。

「本当にそう、通りすがりの人に頼もしそうな目で見られても。ベビーカーでも常に立ち上がるしさ、立ち上がれない形のベビーカーが欲しい。でもお母さん、面倒くさがりだから、そういうの調べないの」

少女は背を丸め笑って、リュックから出ている紐を千切れるくらいに引っ張った。

「公園行って遊ばせてる時とか、まだベンチ持ってつかまり立ちで屈伸みたいなのするか、葉っぱか土食べてるかしかできないから、こっちもつまんないよね、見るものなさ過ぎて。人んちに干してある洗濯物とか見てるよ、穂賀さんはそういう時どうしてた？」

あなたは考え、忘れちゃった、でも本を読んでるのも変だもんね、と答えた。暇な時にはいつも思い出しているはずの、幼い頃のあの子たちの姿も、誰かに語ろうとすれば飛んでいってしまう。小さい子はいつまで、落ちてた石をあの空いてる穴に入れたい、くらいの欲望だけ持っているんだっけ、いつから好物ができて、細かな主義主張はどのくらいあるんだっけ。

「あのね、穂賀さん忘れないでよ。記憶力ないと会話もできないよ」

少女は本当にアドバイスが欲しいのだろう。次までに思い出しておく、でも、うちの子たちはもう社会人と大学生で、とあなたは答えた。少女はもう帰るのか、学校指定らしい厚いジャージを羽織る、肩はしっかりした布に包まれ固そうに、着ると少し大きくなる。次生まれる子は男の子なの、とあなたは聞き、少女は頷く。うちの子たちは姉妹なんだけど、小さい頃はよく二人で遊んでた、きっと楽になってくるんだよ、夏はプールでも出せば震えるまで遊んでるよ、とあなたは励ました。

勤務中のあなたは作業台に手をつき、伸びをする馬をイメージして腰を反《そ》らす。娘たちももう力が強いから、マッサージでもしてくれればいいんだけど、押してくれるだけでいいんだけどとあなたは思った。衣料品のレジでは囲いの中で、いつでも何人かが固まって、明るく連携プレーをしている。あちらでは小さな男の子が、重そうなベビーカーを押す母親の手も握らずに、つき従うように、ずっと小走りで追いかけていて健気だ。健気とは、わきまえていると同義だろうかとあなたは疑問に思った。そろそろ休憩時間にしようと、りんごの形をしたタイマーを一時間にセットしポケットに入れる、なぎ倒すように従業員出入り口のドアを開けて入る。

「穂賀さん休憩一緒ですね」

ロッカーの前で飴の袋を破くあなたの横に多田《ただ》が立つ、ゲームセンターの制服の上に、薄いダウンを羽織っている。多田は働き始めた時からこうして話しかけてくるが、見ていれば誰に対してでもこうやって、仲良くしてジュースでも買ってもらっている。嬉しいかどうかはよく分からないまま、あなたは名前を覚えていてくれる人がいるということだけで、一杯百円の価値はあると思っている。休憩室の壁には説明の紙ばかりが貼ってあり、いても見るものもない、あんな大きい荷物を高いところに置いて、など思うしかない。休憩室はぼんやりと暗く机は繋げているから大きく、食料品売り場の人たちはいつも和気あいあいだ。仕事が終わった人もそのまま残り、椅子を楕円の形に並べて向き合いくつろいでいたりする、加納さんならそこに交ざっていくだろう。私は学校で、教室に残るのも嫌いだったとあなたは思う。文化祭や部活も、本当に嫌だった、早く家に帰ってとりあえず荷物を置き、固い制服のスカートを脱いで、下に穿いているハーフパンツみたいなのだけになりたかった。あなたの周りは静かなので、今さっき飲んだお茶が腹の中を流れていく大きな水音がする。ホールみたいに響く体だ、いやそんなに筒抜けの、空洞のものでもないか。いろいろ混み合い詰まりながら次が来るのを待つ、中央に一本通路のあるショッピングセンターみたいなものか。

「ペットショップ行きましょうよ」

あなたが小さな、マチのついた休憩用の鞄に、財布やいろいろを入れて散策に出ていこうとすると多田が言い、腰につけていたタンバリンや、景品の大きな缶バッジ、小さなキーホルダーたちの塊を外す。キーホルダーはクレーンゲームでとったのを、客がくれたりするらしい。あなたのコートはハンガーのラックに掛かっている。そこは二階の売り場の人たちで一緒に上着を掛けておく場所で、家から持ってきたハンガーが自分だけの色をしている、冬のラックは厚い布でいっぱいだ。もちろん名前も書くが、見分けがつくよう、先にあるのとは違うデザインや色のハンガーを、新人なら持ってこなければならない。でもこのラックはまだ選択肢がある方で、外の車の誘導の人たちは、通行人から見えてしまう黒いフェンスにハンガーを掛けなければならないから、黒色の指定がたぶんある。クリーニング屋でもらえるようなプラスチックのハンガーが、カーブのきついの、少し厚みを持ったの、クリップ、へこみ、押さえる部分など、少しずつ違いながら目立たぬよう、フェンスの下の方に掛かる。黒いS字フックなども並び、そこにそれぞれの水筒や袋が隠れて待っている。なぜ工夫というのはあんなに目を引くのだろう。あなたはラックに重なり合ったコートから自分のを探すのが面倒で、何も羽織らずに多田と並ぶ、ペットショップなら、喪服を見つめてくるものも少ないだろう。

寒くなれば真っ先に暖房が強くなる、入り口の犬猫コーナーではおばあさんが白い犬の入ったケージに向かい、こっち来てくれたの、と目を合わせて笑っている。小動物のコーナーに行くと、生き物たちは備えつけられた巣に隠れながら落ち着いて眠っている。あなたの目が、動きのない小さなほら穴の上を滑っていく。二人のお気に入りの、喋る大きな鳥は白目の多い人間のような目をして、おはようバイバイこんにちはと、挨拶ばかりさせられている。多田は小さな声で挨拶を返す。あなたも親しみを込めた、友だちに言っていたようなバイバイを返す、それくらいしか励ますやり方もない。大きな値札に色の塗られた似顔絵と、誕生日も書いてある、今はバード&ラビットフェスタで、最初の値段から半額になっている。魚コーナーは水が破裂する音がし続ける、こういうアロワナなんかはやっぱりずっと見てられる、悠々と動いて景色みたいで、などと言い合う。あなたは熱帯魚が好きなので、ここに来ればいつも魚たちの細かな動きを腰を沈めてじっと見る。これは外側だけに色が塗りつけられた、透明の体なのだろうか、体の内からこんな模様が浮き出ているのか、と思いながらあなたは軽い布に包まれた、手触りのいい自分の膝を撫でる。

「目チカチカする」

多田は両親指のつけ根で目頭を押す。下の娘は話し上手なので、あなたはそれをいつも参考にしている気がする。今だって下の娘のような声の高さで笑い、ゲーセンよりはマシでしょ、と明るい声で言う。

「小さい頃、チックっていうんですか、あって。母親が気にしちゃって、片目だけ毎回ぎゅっと瞑《つむ》っちゃってたんですって、顔をしかめてるみたいな。そうしなきゃ気持ち悪くて、まばたきがたぶん全部それになって、注意されて、でもやっちゃってるみたいで。鏡の前だと普通なんですけど。俺は母親にしか言われなかったんですよ、でも母親はみんなに言われてたんじゃないかな、ウインクをいつか褒められたから癖になったのかな、でも自分のまばたきの瞬間とか強さなんて分からないから。気をつけても、しちゃうたびに正面の顔が緊張するから、風呂でも母親と見つめ合わないように、顔をちゃんと背けるようにしてたな」

チックは男の子に多いらしい、という頼りない知識しかあなたにはなかったので、もう、そんなのがあったって分からないねと言うしかなかった。この子にも風呂に入ってその湯を、喉を鳴らし飲み続けているような時があったのだろう。私も放送部に入ってた時、アナウンスでも朗読でも、語尾が全部上がっちゃってるよ、文末は下げないとって言われて、普通に喋ってる時はそんなことないのに。でも方法のアドバイスもなく、注意されるだけじゃ分からないんだよね、とあなたは相槌を打った。しかめるように顔を歪められれば、それは気になってしまうだろう、手で、目の前のまぶたを思わず閉じてしまうだろう。あなたは小さい頃よくものもらいができていた。大きくなってから思えば、まぶたの内側ギリギリにまで生えているまつ毛が多いから、それが気になり汚い手で触ってしまっていたのだろう。でも親がそれに気づかなかったのも無理はない、子どもは動くし目が小さい。その頃は目薬も、リップクリームも知らなかった。私に必要なのは、何度にもわたるものもらいの手術ではなく、正しい毛抜きの使い方だったのだろう、とあなたは思った。

「今週引越しなんすよ、建物なくなるらしいんで。今の家から遠くないいんですけど、うち大き目の魚いるじゃないっすか、それがネックなんですよね」

二十三歳なら、引越しは楽しかっただろう。多田と話す時はあなたはいつも、二十三歳の自分を一度思い出してから話し出すので、少し返事が遅れてしまう。もう一人挟んで会話しているのだから仕方ない。コロナ禍の前から多田はゲームセンターにいたので、マスクの下には柔らかそうな肌が広がっていることを知っている。夫は毛深いので、こういうのには、あなたはもう触る機会もない。娘たちが大きくなる前、驚くほど近くにある時には、これがこの世の全てというくらいに肌を擦り合わせた。あの頃は床や地面ばかりを見ていた、砂場の砂にフンが入っていないか、こねくり回して確かめた、一度、カッターの刃が交ざっていた。三人で布団を並べて、あなたは寝転ぶ時には腕と脚を少し広げ、左右対称にした姿勢でないと気持ち悪いのに、娘たちがそうはさせてくれなかった。朝起きれば生臭い息を吐きながら、笑って転がり合っていた、咳き込む体を抱けばバネの力を感じた。気の毒に、とあなたは折り重なって眠っていた時の自分に向け微笑んだ。でも、寝ぼけたまま笑っている娘たちを両脇に抱え、明るくなっていく窓を眺めるのは、今でも時々思い出すほど良かった。寝息のたくさん聞こえる部屋だった。南向きの小窓、それは磨りガラスなので朝日がぼんやりと入り、毛布で作った上着を着た二人はぶ厚く温かく、下の娘は寝起きはずっと笑顔で、どんなにまとわりつかれても寝ている姿勢なら、あなたは倒れたりしない。見上げればペットショップの天井は青く、行きに見てきた空の色と同じだ。上の娘はくせ毛が嫌で縮毛矯正をしているが、多田も縮毛矯正かストレートパーマを当てていると思う。伸びてきた髪との境界部分や、根もとの浮き具合で分かる。ひとり暮らしは長いの、とあなたは聞く。

「ベテランすよ。洗い物めんどいから、肉とかも手で千切ってますもん。だから肉は豚バラスライスしか買わないんですよね、鶏肉まじで買わない。コロナちょっと収まってるじゃないですか、だから引っ越しちゃう前にって、友だちが遠くから泊まりに来たんですけど。うちの蛇口、お湯になるまで結構待つんですけど、そいつ流しっぱなしにするんですよね、ぼんやりして。俺なんか水しか出ない間に傍にあるコップとか、なかったら手でもずっと洗っといちゃいますけどね、金持ちだからかな。雨の中スーパー銭湯行ったり、鴨のつけ麺食べたりロイホで大きい皿のモーニング食べたり、俺は楽しかったんですけど。こんな遠くまで来なくてもできたことばっかりだったって笑われました。まあそうだったかって、俺は楽しかったんだけど」

大学生の時に付き合った相手は、女の子の胸って水中で踏むと気持ちいいんだよねと言い、湯船で向かい合い、毛の濃い脛を上げて柔らかくあたのを足蹴にしてきた。あんなことをこの子もするだろうか、しないだろうかとあなたはぼんやりと思った。魚も切り身なら楽だよ、フライパンの上で鮭ほぐしちゃってそのままチャーハンに、とあなたはアドバイスした。ハリネズミには唇の厚みも眉もない、ケージの前にはまだおばあさんがいて、狭い場所で走り回る犬を、そんなに急いで、とたしなめている。

二人でゲームセンターまで帰ってくると、いつもいるおじいさんがメダルゲームにメダルを入れ続けている。喪服売り場からちょうど見えるので、このおじいさんのたてるメダルとスロットの音、腰が痛いからか立ったり座ったりをくり返す動作、いつもかぶってくる真っ白な帽子をあなたは気にかけている。仕事のように平日は毎日、休日も時々いる。メダルゲームは近くに寄ると大きく、四人が向かい合ってできる形で、銀のスライドが二段あり、上の段が滑らかに動き下の段のメダルを窪みの方に進めて落とす。取っ手をひねればメダルの出てくる下り口の向きが変わる、プラスチックの玉もいくつか置かれており、これが落ちればきっといいことが起こるのだろう。大きな画面も前にあり、そのスロットの数字が揃えばメダルが降り注ぐ。側面には砂漠の街の絵、屋根の上にはきらめく星がついていてそれがいつでも点滅、回っている。

「今日調子いいっすね」

多田は仲がいいのか、おじいさんに近づく。ダウンを羽織っている姿でも、おじいさんには店員である多田が分かる。

「メダルの置き方、高くしてくれたろう」

「してないっすよ。置き方決まってて、高さも測んなきゃいけないですもん」

でも一枚二枚分くらいの厚さなら、きっと多田は高くしてあげているのだろう。メダルの並び、動き方にも、きっと考えや秩序があるのだろう。高めの座りにくい椅子におじいさんはしがみつくように座り、幻想的な、あせらすような音楽が時々メダルのすき間を縫うように鳴っている。落ちてくるメダルに光が群れ、熟練したおじいさんの手もとは見ているだけで少し楽しかった。

「喪服のおばさん、あんたもやるか、メダルあげよか」

おじいさんがあなたの方を向く、あなたは首を横に振り断る。

「呼び方失礼ですよ、帽子さんとか呼ばれたら嫌っしょ」

多田はそう言ってくれ、おじいさんは一応メダルゲームに向かってだが頭を下げるような動きをした。あなただって白い帽子ばかりが浮き上がって、顔は今日初めてよく見たのだ、服が目印になるのは仕方ない。座っているおじいさんをこんな、近くから見下ろすのは初めてだったので、帽子は遠くから見ていた方が真っ白だということが、あなたには今分かった。

「さっき返品のお客が来てさ。ジェルとかで逆立てた髪型で。このスカート、うちの妻が言うにはリバーシブルで着れるということなんですけど、これ、タグが内側の柄の方についてて、どうです？この水玉の方で着た時どうです？どっちでもいけますか？明らかに裏側に見えちゃうでしょう、って。妻は納得して買ったって言うんですけど、穿いてる姿がやっぱり変なんですよね、って。たぶん私がセールの時に売ったフォーマルのやつだけどさ、あれ買う人にはちゃんとアドバイスしたんだよ、裏地過ぎたじゃない、あれ。こっち側表面にできないでしょって、セールの値段だから許せるくらいの」

休日は半日交代のことが多いので、引き継ぎの時に互いに早口で用件を伝え合う。ああ、あれ、とあなたは加納さんに頷いた。スカートのデザインにあなたたちは何の責任もない。

「穂賀ちゃんのシフトの時じゃなくて良かったよ、まあ穂賀ちゃんなら大丈夫か。だって水玉柄の方の、タグも汚く切っちゃってて、だから私糸切るやつで丁寧に取ってあげてさ、白いところ残ってたらそりゃあ裏っぽいじゃない。それでマシになって、何かずっと喋ってるからハイハイ言って、でもこのスリットの切れ目から水玉の裏地が見える、それだけでも素敵なんですよね、水玉の方はツルツルだから表にしたら夏にちょうどいいし、って。そしたら一旦持って帰ったから、また来たらまた説得しよう」

穂賀ちゃんも勤続十数年だから大丈夫、と加納さんはよく言ってくるがそんな、連綿と続けてきたという点くらいでしか評価はされない。また来たら加納さん呼びますよ、怖いですよ、そんな髪の毛立ててる、とあなたは笑った。

「次来たらもう返品で受け取ろうか。夏に水玉の方で穿いて、正気になっちゃって戻しに来るかもね」

加納さんもそう言って笑って、あなたの肩に薄い手を置く。この人に親近感を覚えたことがあるんだけど、何だったただろう、出身地の話だったたっけ。返品作業は面倒くさいが、ただ面倒くさいというだけだ。作業台の引き出しに入ったそれぞれのクリアファイル、加納さんの方には家族写真が、いつでも見えるように挟まれている、息子がこちらを向いて笑っている。昔は毎年誕生日ので、今は正月に来た時にたくさん撮って、こまめに入れ替えているらしい。娘たちの誕生日には、あなたはいつも産院にいる自分を思い浮かべ、力んでいる腰に手を平たくぐっと当ててやるのを想像する。本当にそこに行ければ、もらい泣きでもしながら親身になって、幾晩でも撫で続けるだろうが、今この私に降りかかっている痛みでなくて良かったと、思ってしまうだろう。撫でられている自分は敏感に、それを察知するだろう。

少女はマスクをずらして、無料の水が入った紙のコップに口をつける、飲んで動く肌は不自然なほど滑らかに光っている。あなたは目が悪いのでよくは見えないが、シワはもちろん毛穴も目立たず、一枚の平坦な布のようだ。サテンの、娘たちが発表会で着るからと、いつもあなたが時間をかけて作っていた衣装のようだ、ミシンが苦手だから、できる部分は手縫いでやった。昼寝であの子たちが全然寝なくてまとわりついてくる時は、あなたは寝袋をかぶって頭までチャックを閉めた。ツルツルと滑る生地の、手がかりのない山になってしまえば、二人はもうあなたに登ってこられないのだった。

「穂賀さんの、喪服売り場の向かいにゲーセンあるじゃん。あそこのお兄さんで、かっこいい人いるの分かる？多田さん。休みの日で混んでると、忙しくて走り回ってる」

私の喪服売り場、というところをくり返してから、いるね、と答える。

「知ってるよね、売り場近いもんね。勇気出して話しかけたんだ。緊張しちゃって、喉まで何か上がってきて、狭まるから息しづらくて。クレーンゲームなんて好きじゃないんだけど、それやって話しかける作戦で。後ろに並んでるキャラの方が欲しかったら、店員さんに言ってクレーンが届く平たいところに出してもらえるじゃん。話しかけて、この白いのが好きなんで、取れるところに出してください、って、好きなんです、って。そうなんですねーって言ってた。でも私本当に取れないんだよね、五百円なんてあっという間だね。ちゃんと今にも落ちそうなくらいの位置にしてくれたのに。狭いとこの遠近感が苦手なんだよね、奥行きも全然分かんない。グラウンドは大丈夫だったのにな、ちょっと斜視だからかな」

あなたは少女の嬉しそうな顔を見て、そう、好きって、と答える。

「いいにおいした気がする。並ぶと肩が私の目ぐらいだった、私背高いけど。でもゲーセンってそんな好きじゃないから、親と小さい頃買い物行ってた時も、ゲーセンは早く通り過ぎたかったから。お父さんが、人がクレーンゲームしてるとこ見るの好きだったけど。あと靴屋も革で臭かったし、電器屋でも、やることないから冷蔵庫の中に入れてある見本の、空のペットボトル並び替えてるだけだった。スーパーでどこが好きってなかったな。ゲーム繋がりで仲良くなれる気はしないけど、ゲーセンしか繋がりないけど」

でも十歳くらい上なのか、とあなたが呟くと、少女はたちまち元気をなくしてしまう。魚飼ってて、休憩時間にペットショップによく行ってるから、そこならゲーセン以外で会えるんじゃないかな、とあなたは励ました。

「それで偶然っぽく出会えたらいいよね、生き物を間に置いてなら、会話弾むもんね」

多田の肩のところに少女の目があって、横に並んでいるのを想像する、どちらも活発に動いて、引っ越したりする。フードコートの窓の向こうは夕焼けが雲と混ざってピンクの空で、眺めながら、弟は最近どう、とあなたは聞く。もし土日に行くところがなければ、ここに連れてきたらいいんだよ、休憩時間ならどうせ私は歩き回ってるんだから、散歩させておいてあげるよ、その間に一人で何でもできる、とあなたは申し出た。ベビーカーを連れた少女がマネキンの向こうから不意に現れれば、あなたは嬉しそうに手を振ってしまうだろう。

「うーん、学校挟んで逆方向なんだよ、ここと家は。ベビーカー押してくるにはちょっと来にくいんだよね、車で家族で来たりはするけど、アカチャンホンポあるから。来たいけどね。土曜日はさ、お母さんが狙ったように産婦人科行くんだよね、私が家いるから。弟を健診に連れていくとだるいから。土曜日だから混んでて、なかなか帰ってこないし、最後の妊娠だからってお父さんも毎回ついていくしさ。不妊治療してる時もあったから、痛いとかで寝込んじゃうことも多かったし。そりゃ自分の知らないような、奥の管に入れられるんだから痛いだろうけど、長い針みたいなん入れるらしいよ。がっかりもしただろうけど、でも私はいたのに」

周りに不妊治療をしている人はいなかったので、あなたはよくは分からなかった、相談されなかっただけかもしれない。管なんてどこまで通せるんだろう、世間からの扱いをそう、差し引いたって、生理、生む時に出てくるの、母乳、産後の悪露《おろ》、おりもの、女の体は痛みと出ていく水が多過ぎるよね、水と言うには濁ってるか、というようなことをあなたは答えた。

「おりものだけ何か下ネタっぽくて照れる。悪露は血みたいなのが一ヵ月くらい出るんだよね、弟の時に言ってた、絶対蒸れるよね」

恥ずかしがるのをごまかすような早口で言い、かぶれる、と少女はおでこと眉毛で笑った。そういえば小学生の時の生理の授業で感想文に、股から血が出てくるなんて怖いと思った、とあなたは書いた。あれは初めての、反応や評価など考えずに書いた感想だったので覚えている。その血の字の横に、教師ははてなマークを書いて返してきたが、経血と書くのだから血でもいいだろう、はてなでもないだろうと今のあなたは思った。

「お父さんは在宅ワークでも夜十一時とかまでやってるし、数に入んないよ。健診の日は私は弟と遊んで、食べさせて、もうあとは昼寝させることだけが目標。一日の目標が人を昼寝させることって、みんなそんなもん？」

そんなもん、とそれは自信を持って頷いた。午前中は昼寝をしてもらうために公園かスーパーに行って、午後は夜寝てもらうために公園かスーパー行くだけなんだよね。

「雨の日は？どうしてた？」

ここの、ショッピングセンターの前に住んでるから、ここばっかり来てた。強い雨でも、二人ベビーカーに積んで、ちょっと濡れるのは仕方なくて、とあなたは答える。

「つたい歩きの子とスーパー来ても、それこそやることなくない。一人だったらこうやってポテト食べてるくらいで楽しいんだけど」

少女はわざとのように姿勢悪く、腰を座面につけるような形で座っているが、娘ではないのであなたは何も注意することはない。本当にね、何してたんだろう、三人でうろうろしてただけ、あの子たちも何か触ってただけと微笑んだ。娘がね、とあなたは言う。長女が、小学校の先生なんだけど、一年目でたぶんしんどいの。でも横の先輩の先生が、六年生を卒業させた時にもらった、メッセージ付きのアルバムを持ってきて、先生が考えたクラスのキャラクターが表紙に立体で作ってあって。それは器用な子がいるクラスじゃなきゃ無理だけど、そういうのをもらうのを目標にしてやっていこうかなって、つらいけど、卒業させてみなきゃ分かんないのかなって、言ってて。そういう、誰かにしてもらうことが目標になるとつらいよ、もらえなかったから悲しむなんて、って言うと長女は泣いて。その泣いたのを差し引いたって、あの子には向いてないんじゃないかって。

「差し引く、よく色んなものから引くんだね」

いきなり担任で、小学校なんかテストとか掲示物とか道徳とか担任裁量ばっかりで、クラスがまとまってるように見えるのが大事で。若い男の先生はライバル視してくるし、年配の人たちなんて歴史と経験だけで勝負してくるんだから、私も早く年取りたい、って言っていた、とあなたは少女に説明する。それへの私のアドバイスはどうだったんだっけ、天を仰げば配管や電気の管が、剝き出しながらもピンクで塗られているため、目立たずに上で整列している。

「お母さん、来るといつも売り場にいないじゃん。いなくてもいいの？どこ行ってるの」

早口で言いながら、下の娘は掛けられた商品たちに手を伸ばす。触れば鳴るような、喪服の乾いた生地を撫でている、土曜日だがここには人が少ない、エアコンの風の呻《うな》りが聞こえる。裏で整理するものとかあるからとあなたは答える。

「できるだけ接客したくないからでしょ。ねえ、お姉ちゃん出ていっちゃったよ、大きい荷物持って、家出だよ。一応玄関で引き止めてさ、ちょっとお互い泣きながらだよ。名古屋だから彼氏のとこかもしれないけど、寮だから泊まれはしないでしょ、私もこれから追いかけて、お姉ちゃんと一緒にいてあげようかなって」

名古屋か、遠いなとあなたは思った。娘が着ている薄い生地のコートが、囲む喪服から浮き上がって見える、そんなので寒くないだろうかとあなたは心配する。子ども二人分の暑さ寒さまで考えなければならないのは荷が重いが、これまでもずっとやってきた仕事だ。下の娘は幼い時から体が大きかった。そんなので寒くない?と尋ねると、娘はその言われたコートのポケットに手を突っ込んで揺らす、横の下着売り場を眺めている。

「だってダウンかわいいのないんだもん。玄関でお姉ちゃんと、お母さんのこと思い出し合ってたんだけどさ、お姉ちゃん生理始まりたての頃、生理用の、ぴったりキツいパンツは一枚しか買ってもらえてなくて、生理中の一週間はナプキンだけ替えて、それをずっと洗わないで穿いてたのは知ってた?教えてもらえなかったから、そういうものだと思ってたんだって」

言ってくれれば良かったのにとあなたは思い、おかしいな、娘の下着が派手になった日のことは、それぞれ一人ずつあんなに鮮やかに思い出せるのにと不思議だった。よく覚えているものだと、あなたは感心した。このままだと娘たちは、私は初めての子どもだったから臆病に、神経質に育てられてしまった、次女だから、全ての初めてに感動してもらえなかった、と言い続けるに違いない、そんなのはただの順番だけなのに。お父さんにあんまり会えなかったのがいけなかった？とあなたは控えめに言う。夫は転勤が多く、あなたたちは単身赴任を選んだ。小学生になった娘たちが、放課後や休日に体育館でやっているようなバトントワリングの習い事を始めて、その先生とずっと続けたいと言うから、あなたは夫と一緒にはいられなかった。あれは大変だった、毎週二日通い、薄く伸びる布で衣装を縫い、夏祭りのパレードで出番があればスポーツドリンクを何本も凍らし持っていった。連なり進むパレードに、後ろからずっとついていった。放課後の練習は、夕ご飯の時間が遅くなるからあなたは嫌だった。夫が一年に五回ほど帰ってきた時は、こうして胸を軽く叩けば太鼓のように鳴るのだと、その大きな肩に顎を預け、寄り添って眠りながら思った。

「お父さんは今、関係なくない？それもあるのかもしれないけど、人のせいにしないでくれない？」

そう言い指だけぐよぐよと動かしている。夫が遠くにいたから、寂しい思いをさせたのかもしれない、事実あなたは寂しかった。娘たちとの間にもそうか、若い頃の自分一人挟めばスムーズに話せるものだろうかとあなたは考えてみるが、きっと上手くいかないだろう。娘と自分との間には、何も挟むことはできないだろう。

「あと、夕方は気をつけなさい、逢う魔が時だから逢う魔が時だからって、怖がらせ過ぎだったよ、私たちを」

だってそう言わなきゃ、自転車であなたたちは私を追い越して行っちゃうじゃない、冬の暗いバトンの帰り道に、とあなたは答える。

「バトンね、あったね」

二人とも高校に上がるまで続けていたから、バトンの役員は三年やった。練習の間ずっと、体育館の後ろで見ていなければならなかった、お母さんたちで円になって、あなたが話す世間話はすぐ尽きた。冷たく埃っぽい床で、ストレッチをするふりをして輪から外れた。あなたは定年後、夫と住むことを楽しみにしている、会話はそんなに通じないかもしれないが、とりあえずは新しい生活だ。パンツ、その時言ってくれれば買ってきたのに。あの子も仕事があるから、月曜日までには名古屋から一人で帰ってくるんじゃないかな、責任感も強い子だし、とあなたはうっかり言いそうになった。

ちょっと待ってて、とあなたは言って、休憩室の方へ走り出す。加納さんや他の従業員はバックヤードと呼んでいるが、あなたは少し恥ずかしいのでそうは呼ばない。ロッカーを開き財布から五千円札を掴み出す、加納さんと共用の、ロッカーの内側の棒には、夫からもらったおみやげなどが掛けてあるのでそれが鳴る。喪服売り場に早足で帰ると、娘は携帯を片手に数珠や、白か黒のハンカチのコーナーを眺めている、女性用しか置いていないので、数珠は透明のやパールのような玉が連なっていて華やかだ。何か欲しいものある？とでも聞けば、鼻で笑われてしまうのだろう。これ、これで駅弁とか、着いたら名古屋でか、何か一緒に食べなさい、とあなたはお札を差し出す。

「ありがとう。お母さんは、一緒に食べる？」

お礼はきちんと言える子なのだ。私は仕事が終わってから荷造りして、家で何か食べてから行くから、とお札を折りながら答える。

「じゃあ、追いかけてきてあげてね。お姉ちゃんだってずっと家出なんかしてるわけないし。でももう全部放って帰ってこないのかもよ。お姉ちゃんそういうとこあるよね、教育実習の時も危なかったじゃん、放り出すのかと思った。名古屋までお母さんが迎えに来たら帰るしかないでしょ。今日、ホテル泊まって一緒に慰めよう。お姉ちゃん見てると働くのって大変だよね、夜は明日のために寝て」

あちらに歩き出す娘からはいいにおいがする、小さい頃のあなたは、洗濯物が生臭いのがコンプレックスだった。上の娘もきっと追いかけてきてほしいのだろう、そうだろうか、そんなに大きくなって、そんなことを思っていただろうか。シフトを加納さんに代わってもらい、その分おみやげを買ってきてでも、あなたは行かなければならない。加納さんは明日は確か午後からの勤務だけど、午前も入ってくれるだろうか。新幹線は久しぶりだ、あなたは窓辺の席に座る自分を想像する。うねる道路が流れるようにあちらから顔を出し、明るい色の植物が集まり四角く並び、同じくらい立派な屋根を持つ家が集まって建つ。小さい頃の娘たちが見たら、驚きの声を上げただろう。シルバニアとか、ミニチュアが好きだったから。

年老いてそんなに動けなくでもなれば、毎日新幹線に乗せてもらえれば楽しいだろう。広い、変化する、見るべきものたちの中に自分はいるのだと思えるだろう、ベビーカーの上の子どもと同じように。それなら車で高速道路をずっと、走ってもらうのでもいいかもしれない。切り開かれた山が、トンネルを口にして待っている。でもあなたは目が弱く、日光が強ければ見続けられない。娘たちが小さい頃は、毎日公園にも行くから大変だった。目は乾いて眩しく、耐えきれなかった、パパのように体育の教師にはなれそうになかった。パパは働いている時は、学校の夢ばかり見ていたらしい。自分や自分の同級生、卒業生や在校生がいつも教室で交じり合っていたらしい。車を出してくれる人などいなければ、食器棚を開いてこれは沖縄で買った皿、これはおじいちゃんのビール用の脚付きグラス、と数えながら撫でていく、それで何時間でも過ごす。人以外のものを眺めている、そういう時くらいにしか喜びはないのかもしれない。

私の目が悪いから、娘たちが眩しいからあまりよく見えていないのだろうか。新幹線で二人に追いついて、よく知らない名古屋であの子に、目標を見つけてやっていくしかないよね、とでも言えばいいのかと思いながら、あなたは目立たないよう作業台に寄りかかる。交代で加納さんが来るまでは、ここにいなければならない。客がこちらの方に来て、鞄を撫でたりしている、黒いトートバッグは普段使いもできます、などと勧めなければばならない。あの子たちのことを考えると、息がしにくくなるので胸が痛む。もちろん楽しく過ごしてほしいけど、楽しくできるのはもう私ではないと、娘たちが中学生になったくらいにあなたは思ったのだ。強く吹き下ろすエアコンの風の下で、新幹線の駅まで行く手間と掛かる時間などを計算する。鞄の前の客が動かないのであなたはそちらに行き、客の気が済むまで鏡の前でいくつも鞄を体に当ててあげる。

ゆっくりとしか時間は流れず、あなたの体がぼんやりと倒れそうになる、わざとだ、別にしっかり立っていなくてもいいと、思ったからふらついたのだ。その拍子に手が当たり、パールのアクセサリーやコサージュの棚にある、飾りの植木鉢が倒れた。これも勝手にあなたが置いている造花で、波打ち際のような音がして、鉢に入っていた砂と花が床に広がる。作り物なので、花自体は少ししなった後に元の角度に戻って倒れている。粗い砂も偽物なのだろうか、分からない、砂など本物の方が安いのかもしれない。レジの人たちは客も並んでいるので助けには来ない、あなたはゆっくりと一人で片づけることができる、早急にせねばならない仕事ができる。鉢の底には発泡スチロールが敷いてあり砂は少なかったので、こぼれた箇所が、そのまま庭のようになるというわけではない。

休憩室の方へ、箒《ほうき》とちりとりを取りに行く。雑巾は掃除ロッカーには入っていないので、自分のを使おうとあなたは思い、力ない鳥のようなタオルをトートバッグから取り出した。箒を自分の体につけないように注意深く持ちながら売り場へ戻ると、あのメダルゲームのおじいさんが、座り込んで砂を集めている。床を自分の手で撫でて、その砂の貼りついた手をお椀にして、おそらく捨てる場所を探している。すみません、と急いであなたが近寄ると、箒とちりとりは金属の音で鳴り、おじいさんはおう、おうと声を出す。おじいさんに見えないよう、スカートに包まれた脚は横向きに折り畳むようにして屈む。砂は本物ではないらしく、触っても手が汚れることはなく便利にできている。あの私やりますんで、と言うあなたの言葉が聞こえないかのように、おじいさんは床を手で撫で続けている。仕方なくあなたも手の湿りを活用して集め、それぞれ違う砂の山を形作っていく。

「あんた要領悪いわ穂賀さん」

おじいさんは名札を見つめながら名前を会話に入れ込む、この前の呼び方を気にしているのだろうか。そうなんですよとあなたは笑う、本当は何分でもかけてゆっくりやりたかったのだ、掃除もした方が良かったし。もう箒などは使わずに、二つの山をちりとりに手で移動させ、あなたは一息つく。一粒一粒拾ったので、布で拭くより取りこぼしはなかった、おじいさんの指は全て少しずつ内側に曲がっていた。あなたが礼を言い、掃除用具を戻しトイレで手を洗って帰ってくると、おじいさんは女性用下着売り場から目を背けるようにして、白い作業台の横にまだ佇んでいた。

「こればあさんが焼いたお菓子な、パウンドケーキ。大き過ぎて食べきれんから。作り過ぎるんやな。大きいから、ゲーセンの兄ちゃんと半分こし」

おじいさんの手がラップに包まれた、レンガのようなのを差し出す。いいですいいです、お客さまから何も受け取れないので、勤務中ですし、と小さな声で断る。あなたは、手作りのお菓子が好きではない。よっぽど上手なのでないと、全てまだ生焼けのように感じてしまう、信じていないということだろうか。おじいさんは差し出した腕をそのまま宙で止め、あなたが受け取るまで待つつもりだ。ここで目立ってしまうよりいいかと思い、じゃあいただきます、とあなたはパウンドケーキを持つ。半身をラップから出し、少し勢いをつけて二つに割る。

「ものすごい均等だわ」

手が触れていない方をラップで緩く包み直し、あなたの分は包むものもないので、指三本でそのまま持っていることになった。多田も困るだろうが、自分で何とかするだろう。娘たちのケーキや果物を割ってきたから、あなたは同じ大きさ、幅に切ることがとても得意だ。シュークリームでも海苔巻きでも、あなたはどこに指を入れ込めば真ん中で割れるかが分かった。おじいさんは差し出す自分の手、少し変形した指を今頃気にしたのか、素早くパウンドケーキを受け取る。手渡したあなたは、自分が充分だと思える距離をきちんと取りながらまた礼を言った。

「実家の農業手伝っとったから。重いもん持ってたから」

私もここが、と差し出せる部分はあなたの体にはなかったが、痛風で膨らんだおじいちゃんの足の甲に、丁寧に畳んで濡らしたティッシュをよく置いてあげたのを思い出した。あんなすぐに温まってしまうようなものを、おじいちゃんは落とさないよう一生懸命に、座って足の甲を地面と平行に保っていた。祖父は痛風でした、とあなたは答えた。

「痛風は食べ過ぎや」

そう結論づけ、後は冬のオリンピックの話をし始める。話すことだけで、参加できていると思い込むのだろう。あなたはそれを聞きながら、自分が小さい頃おばあちゃんは、泊まりに行った朝はピーマンを細切りにしたのとウインナーを炒めたやつを出してくれ、自分はインスタントコーヒーの粉に水とはちみつを入れ練った土みたいなのを、牛乳で割って飲んでいた、と懐かしく思い出した。おじいちゃんとおばあちゃんは、二人とも体操の選手だった。今までの思い出でいっぱいに溢れ返りでもして、体がパニックになる時が、もっと年を取ればあるのかもしれない。喋り終えたおじいさんは、きれいに半分のパウンドケーキを握って、ゲームセンターに帰る。あなたはパウンドケーキをいらないメモ用紙の上にのせ、作業台の引き出しの中に入れておく。ついでに開け閉めしたり整理したりする。毎日取り替えるゴミ入れのビニール袋を、真っ直ぐに貼り直す。

勤務が終わって荷物を取り、フードコートを眺めると、少女はあなたが通りかかるのを待ち構えるようにこちら向きで座っている。あなたは少女と同じくらい、嬉しそうな顔をしてその向かいに立った。大きい方のフードコートにうどんでも食べに行こうか、とあなたが思わず言うと、少女は首を横に振った。あなたは残念に思いながら自分のジュースを買って正面に座った。今日は前髪を分けておでこが出ているので、肌きれいだよね、と言うとあなたが予想していたよりも少女は喜び、マスクをずらして肌を押した。

「肌って頑張ったら報われるんだよ、私の強いし、たぶんだけど。きちんと洗って、夜はパックしたいけどそんなに買えないから、化粧水塗ってキッチンペーパー貼りつけたり、それでもいいんだって。ピーリング、砂みたいなのが混ざった洗顔料とか、セルフピーリングのも使ってるから、ザラザラもしてないでしょ。学校にはファンデとかパウダー塗っていけないから。すぐそういうの分かっちゃう女の先生がいるんだよね。執念だよね、出てる面積マスクでこれくらいなのに。サッカーで日に当たり過ぎたけど、顔で言うとここの膨らみは嫌なんだけど」

少女が指差す筋肉はでも、表情を作るのに必要な部分だろう。肌とはこんなに、テカテカ光っていてもいいものだろうかと不安になって、あなたはこの前調べてみたのだ。スキンケアをやり過ぎると、肌は薄くなってしまうらしい。ビニールみたいできれいだが、本当は乾燥してしまっているらしい。擦り過ぎて薄いような、それはあんまり良くないんじゃないかな、とはあなたは言えず、私の、そうだね、髪と一緒だねと答えて毛の束を撫でた。あなたの髪は伸びるのが早く、少しうねりは出てきたがたっぷりと多い。自信のある部分が、やっぱり大事だもんね。私の中の若い娘の部分が幼くいれば、少女の子育てや外見のコンプレックスなど、もっと親身になって相談し合えただろう、とあなたは残念に思った。

「肌って分かりやすいじゃん、きれいな基準が。引っかかりがなくて色が一面一色だったらもう、誰が見たってきれいなんだもん。今ほとんどマスクで隠れるけどね、でも下げる時って結構あるじゃん、お茶飲む時とか」

あなたは頷く。私だって、自分の結婚式の日取りが決まった日から、何十万円か使ってエステや整体みたいなのに何軒も通った。働いて貯めたお金は使い切っていいと思っていた、不思議だ。その日に、最善の自分でいることが目標だった、事実おそらくそうなっていた。鎖骨が一ミリでもきれいに浮き出るように、首が少しでも長く見えるように頑張りましょうと、どのエステティシャンだかが言っていた。でもこの少女の瑞々しさは、肌からのみ出ているわけではないはずだ、と思いながらストローを折ってはまた戻した。

「もっと透明感とかキメ細かさとか、加工したみたいになりたい。負け惜しみじゃなくて、白さはどうでもいいんだ。穂賀さんは？」

少女がテーブルに身を乗り出す、近づいてもマスクで何も見えないだろうとあなたは思った。肌も昔より弱くなって、初めての化粧水とか恐る恐る使うよ、荒れないかどうか、産後から牡蠣アレルギーにもなっちゃって、とあなたは答えた。

「できないことが増えていくのって、慣れないだろうな」

できるようになることばかりだった時期はいつまでだろう、足のサイズがどんどん大きくなっていった期間とほぼ重なっているか。それに頷き、娘たちが家出したから、土曜日は名古屋へ迎えに行っていたのだとあなたは話を変える。

「偉い。過保護」

少女は静電気に弱いような髪をして、顎の置き場にした手を動かす。名古屋に着けばもう暗く、夕ご飯を終えた娘たちがホテルの部屋で待っていた。柔軟に働いたらいいよ、ってお母さんに分かってるみたいに言われたのも嫌だったんだよ、と上の娘は言っていた。最後は三人で旅行に来たみたいになって、一応楽しく帰ってきたとあなたは答えた。簡素なホテルだがビルは高く、夜景が見えた、あなたはエキストラベッドで眠った。三人で友だちみたいだね、と盛り上げるように、股のストレッチをしながら下の娘は言い、そのまま上の娘の方を向いて続ける。

「私小さい時、おばさんってあだ名だったことあるんだけど」

「え、それはひどい。穂賀で、音が似てるからでしょ。センスない」

「親呪っちゃったよね」

下の娘は大きいことを気にしている。あなたが何度聞いてもそんなことはないと返事していたが、幼い時なら大きいだけで、いじめてくるバカもいただろう。あなたが小学生の時も、越智《おち》さんがおっさんと呼ばれていた。越智さんの顔はもう、忘れてしまった、背が低い子だったと思うんだけど。

「娘って、年取ると母親に似てくるんだよ」

「えー、どうしよう」

「あとは、表に出てくるのを待つだけだよ」

どうしよう、と声を伸ばして二人は隣り合うベッドの上で転げ回った。私はママに似るなら安心だ、大丈夫、ママはかわいかった、看病されている時も大人しかった、とあなたは思った。若い時は鍵を束にしてキーホルダーで繋げ、鞄の外側にいつもつけていたから、ジャンジャンと高らかに鳴る音で、ママがどこにいるかすぐに分かった。あんなに、何の鍵が必要だったんだろう。結婚してすぐ、買ったばかりの家はまだ壁紙がまっ白で、初めて見せたらママは、あなたの絵を、たくさん飾れるじゃない、とくり返し言っていた、カルチャーセンターで何回か習っただけの油絵だったのに。死ぬ前にはもっと、ママにきれいなものを見せてあげなければと、ベッドの横に立ち焦るばかりだった。

エキストラベッドは大きな音で鳴り、あなたは背中の下の、固く清潔なシーツを引き伸ばした。ホテルまで来る時の暗闇の道で、あなたは水玉柄のスカートを穿いて歩く女を見かけた。裏地だろうとすぐ分かってしまう薄い布、あなたは自分が扱ったことのある商品は、責任を持って覚えている。横を歩いている男が髪の毛を逆立てているかまでは見えなかったが、男の短い髪ではそんなにバリエーションもないだろう。でも加納さんが接客した夫である可能性は遠いから低い、きっと名古屋でも、あなたの知らない誰かが売って誰かが買ったのだ。

飲み会や仕事があるとかで、長女の彼氏には結局誰も会うことはなかった。帰る新幹線の座席は、三列シートの通路側にあなたが座って、窓の方を眺めれば、自分が生んだ頭がそこに二つ見えることが、それ同士で笑い合って並んでいるのが不思議だった。小さい頃は銀行ごっこが好きで、お金のシワを伸ばしては、財布や区切った箱にずっと出し入れしていた。二人で向かい合って座り、長い時間絵を描いていた。一つの消しゴムをきちんと譲り合いながら使っていて、ちゃんと、それぞれの考えがあるようで感動した、この子たちほどの喜びはなかった。近くから見守り過ぎて、昔は主語や人称さえ混ざってしまっていた。互いが高校生の一年間は、二人は一切口を利かなかった。どちらかがリビングに来れば片方は舌打ちや威嚇の大きな音を出し、自分の部屋に戻っていった。片方がこちらを向き、窓を指差し楽しそうにあなたに早口で何か言う。この子の体はもう、一人用の座席にぴったりだ、高い声がマスクの中にこもりながら聞こえてくる。二人の目にはきっと、あなたの知らない景色が広がっている。あなたは頷いた、こうして分からなかった言葉があっても、聞き返さないようになっていく。そういえば年老いたひいおばあちゃんの、喋っていることが何ひとつ分からなかったから、幼いあなたは苦手だった。窓から見える景色をもう二人は見ておらず、でもあなたは大きな川があれば前のめりの姿勢で眺めた、水の流れも自分を重たがるように進んでいた。雲の真後ろに太陽がいて、眩しいオレンジ色の線で縁取っていた。

「娘たちには会ったことないから、どっちかというと穂賀さんが友だちだから、味方だけど。親が気に入らないことはよくあるよね。娘から見た親はどうだったかって、今全然分からない?うちのお母さんは変にポジティブな励ましばっかりしてくるよ」

あなたは、友だちなどその場その場で振りほどくように、かなぐり捨ててきた気がした。親をどう思ってたかなんて、何か曖昧になっちゃうよとあなたは答えた。

「それなら嬉しいけど」

少女の顔が期待に満ちたのであなたは急に自信をなくし、自分が忘れっぽいだけかもしれない、と不安になったが訂正もしなかったので、がっかりさせることはなかった。私は自分の父母のようにはなるまいと、一人で胸を熱くしたことはあなたにもあっただろうに。でも親の助言全てが、気に食わないことってあるもんねとあなたは言った。大きな息の音が、少女に聞こえないよう気をつけた。あなたは少女の前にある紙の束を眺める、プリントアウトした原稿用紙に文字が詰まっている。

「志望校公立だけど、推薦入試受けるから小論文あるんだ。できるだけ遠くて、きれいなとこに行きたいから。お父さんが添削してくれてるんだけど、たとえば八百字以内なら八百字ちょうどで終わるのが、それは一番いいだろうって。心なんて少しも込めてやるかって、時間内で、文字数ぴったりで終わるのばっかり上手くなっていくよ。ポイントはね、まあお題としては何かの解決策を問われるから、社会にできることと自分にできることをどっちも書くこと。食品の大量廃棄を減らすには私たちそれぞれが、賞味期限の近いのを選んで買わねばならないとか」

そう、その件について消費者にできるのはそれくらいだろう、社会という言葉を久しぶりに肉声で耳にしたとあなたは思った。ジュースを飲み終え少女と歩いていると、二人の足は自然とゲームセンターへ向かう。少女は膨らむリュックの上に、口を紐で縛る形の、学校指定らしいナップサックを重ねて背負っている。学校名は崩した英字で書かれてあるので読めない、あなたは筆記体が得意でない。おじいさんが、メダルゲームを離れてあなたの方に来る、そんなに熱中しているというわけでもないのだろう。

「ばあさんがまた、作り過ぎたからこれ。あんたにも」

おじいさんは取り出したのをあなたに向かって差し出す、またパウンドケーキだろう。あなたは見たことのある、ラップに包まれた塊を見つめる、今日のはゴマか何かの粒が混ぜ込んである。

「おじさん、この前一階の入り口ら辺で、ばあさん、なのかな、おばさんに向かって大きな声で、バカって言ってたでしょ。ダメだよ、怒鳴らなくても、大人なら言葉だけで分かるんだから」

少女は手でストップの動作をし、おじいさんに向かって言う。おじいさんは少し照れたような顔をして、パウンドケーキは持ったまま、腕はいったん横に垂らす。二人はよく話すのだろうか、この子ならこうやって、気軽に親しい関係を取り結んでいけるのだろう、スポーツをやっていたんだし、とあなたは眺めている。

「あれは、人の邪魔になってたんやろう。ばあさんが」

「でも見てて悲しくなったよ、雨も降ってたし」

「ばあさんが、傘畳んでもたもたして」

おじいさんはそこで気を取り直し、あなたにあげようとしていたパウンドケーキを少女の方へ向ける。

「その、ばあさんが作ったやつ」

「じゃあ、ありがとう。後で食べる」

少女は外側のラップをきつく巻き直してからナップサックに入れる、どうするのだろう。笑顔で受け取った、というところまでが、あなたの知ることができる範囲だ。あなたたちは少しの間おじいさんのメダルゲームを見て、そこから移動する。

「上手く言えない分、何かあげなきゃいけないって思ってるのかな。おじさんってあんまり接しないから分かんないな」

会社の新人歓迎会で分からない話ばかりが聞こえ、焼酎と割り物のセットの前に座らされ、それで役目ができたと喜ぶ、などということはきっとこの子には起こらないのだろう、良かった、とあなたは思った。

「穂賀さん、ケーキいらなそうだったね。店員だから、受け取らなきゃ何か収まらない感じあるけど。でも黙ってても良くないよ、おじさんの腕が疲れるだけだよ」

少女は言って、小さくドリブルのような動作をしながら進む。私もスポーツをしていれば、何でも屈託なく言えただろうか、娘たちにも真剣に運動をさせてあげれば良かった。もっと食べさせて、強くしてやれれば良かった、教えられることが多いうちに教えてあげるべきだった。

「もうクリスマスだね」

クリスマスは昼過ぎまで仕事があるだけ、とあなたが答えると、少女は目を輝かせた。

「じゃあさ、イブの夕方私と過ごす？そこ終業式とかだし。家はさ、弟の児童館友だちがいっぱい来ちゃうんだ。百均とか三百均とかでクリスマスっぽい小道具買って、写真も撮り合うんだって。私の時より、服も小物もかわいいのが安いから楽しいんだって」

スーパーのクリスマス用の飾りは、ずっと前から貼られていたためくたびれ緊張感をなくしている。ここで働き始めた年は、こんな量のクリスマスソングを聴いたことは一度もなかったとあなたは驚いた。娘たちはイブと当日の夜はもちろん外に行く、イベントの日は競うように家からいなくなるのだ。その分おせちを豪華にしてもらおう、と二人ではしゃいでいた。

「おじさんも誘ってあげようか」

あの人嫌じゃないの？と、少女の顔をまじまじと眺めて問う。マスクの下には、光り続けているであろう肌が控えている。

「別にいる分にはいいよ、でも一緒にご飯は無理か。じゃあ会ったらお菓子でもあげようか」

少女は笑って、自分の頭をほぐすように両手で揉む、多田くんは、とあなたが聞くと、恥ずかしそうに首を横に振る。

「だって二十三歳だよ」


あなたは珍しく仕事後に私服に着替える、喪服を着ないでスーパーにいるだけで、気楽に遠出しているような気になる。だからと言って明日から、いちいち喪服から着替えて退勤するというわけではない。待ち合わせのゲームセンターに行くと、座るおじいさんの後ろに少女がいる、横のゲームの黒い椅子に、もたれるように腰掛けている。細かく足踏みするようなステップを続けている、中学生だから、自分が思っているより体は動きたいのだろう。少女からサッカーの話は聞いたことがない、言ってもらってもきっとあなたにはよく分からないだろう。

「スカートじゃないの初めて見た」

少女が言い、おじいさんの目はちらりとあなたに向けられまたメダルに戻る。女の人の喪服はスカートじゃないと、マナー違反だからとあなたは答えた、少女は脚を強く振った。メダルの塔を築き上げよ、と声がしている、機械は全て天井にコードで繋がっている。

「スロット全然揃わないっすね」

こっちを見に来た多田が言い、あなたと少女が頷く。いつかあのパウンドケーキを食べたかと問うと、食いましたよ、うまかったっすよねと答えた多田だ。

「スロットは気にしとってもロクなことないや。レバーの角度だけ気をつけるんや」

ここは暖かく、大きな薄黄色の壁で包み、あなたたちは同じものを眺めている。ゲームセンターの至るところに置かれたクリスマスツリーには、盛り切れないほどの輪や鐘の飾りが連なり、誰かが千切った綿がのせられている。囲まれた体でおじいさんは、リズムをつけて少しずつレバーをひねる。透明や銀色の坂、ラッキーポイント、チャンス拡大、全ての指示がそれぞれの色をして目立っている。おじいさんはいつも通り緩急とタイミングを気にしながら、メダルを絶え間なく流していく。側面で転がったり前からあるのに重なったりしながら、丸いのが自分の速度と軌道を持ち、逆流などはせず落ちていく。

「あんたらにプレゼント。クリスマスの」

おじいさんは新しくメダルのカップを三つ持ってきて、自分の山盛りのから目分量でメダルを摑み、入れていく。

「いらないよー」

少女は笑い、でも受け取っておじいさんの横に着席する、レバーの角度を調節し始める。多田は受け取ったカップを大きく回し、音をさせる。

「従業員はここでゲームしちゃダメなんすよ、工夫しちゃうから。どうしよっかな、でも、洗って魚の水槽に入れてやったらきれいかな。いややっぱ汚いか」

あなたが向かうのは釣りのゲームだ。釣り竿型のコントローラーは思っていたより軽く、メダルを入れゲームを始める。水面には天井の四角い電気と、壁の雲の絵が反射してしまい見えにくい。みんなそうなのだろうか、私の目だけだろうかとあなたは思いながら、竿を操ってみる。リールは軽くスムーズに回り、速く回せば安定せず手首が揺れる、大きなイカの影が悠々と画面を横切る。いつか小樽で食べた寿司の盛り合わせは、どれも北海道で今朝獲れたものですと店員が言った。サーモンも白身も貝もウニも全て同じ味がした、新鮮だというのはそれ独自の癖がないことなのだとあなたはそこで分かった。

魚釣りはやはり難しく、画面の魚に何か影響を与えることはできなかった。メダルを使い切ったあなたは、少女のメダルがなくなるのを待つ。虹色のライトが眩しく照らし、ケースの中の人形がポーズしている、光の点滅を動きと捉えるならここは動きだらけだ。スロットでも当たったのか、少女が嬉しそうに近づいてきて、あなたのカップに向かってメダルを勢い良く分け与えてくれた、おじいさんにも少し返していた。意外にもそれからあなたと少女のメダルの量は減らずに長持ちしたので、一時間ほどみんなでゲームを続けた。ゲームセンターの流れる音楽に合わせて、あなたは時々肩を揺らした。多田も、作業の合間合間に応援しに来た、おじいさんのスロットの数が揃えばタンバリンを鳴らした。クリスマスだからか、ベルも持っていた。ここのカード作ればメダルの貯金しとけますよと言われたが、あなたは笑って断った。全て分け合うというわけではないが、あなたたちの上で機械の星が輝き、回った。

どの店に入ろうか話し合いながら、飲食店のある方へ向かう。途中に化粧品を集めた店があり、少女は立ち止まる。この美顔器、もうちょっと安かったやつ持ってる、と指差している。銀色の球や丸いブラシが取りつけられる電動のや、超音波が流れる板のようなの、持ってみるとどれも予想したより軽い。私も、脚を真っ直ぐにするためにハチマキとかで、両膝と両足首を縛って寝てた時があった、とあなたは言った。

「お願い、それと一緒にしないで」

少女は笑って、あなたの先を歩いた。棚に小顔マウスピースというのも並んでおり、これは買ったことある、バネがついたのをはめ込んで、口を開いたり縮ませたりするやつだ。それで筋肉を鍛えて、顎をシャープにする。結構痛くなってきて、それで効いたかどうかは分からないけどとあなたは思い出したが、少女には言わなかった。サンマルクカフェもタリーズコーヒーも満席だった、どの店からも抑制された控えめなにおいがする、もうもうと何かがけぶってくることもない。今日は友だちとご飯食べてくるって言ったよ、と少女が言うので、まだ夕方になったばかりの変な時間だが、二人は思い切ってパンバイキングの店に入った。少女はドリアと柔らかいパンを吸い込むように食べ始め、あなたはそんなにたくさんの量は食べられる気がしなかった。昔の自分に見られたら、つまらないと言われてしまうだろう。

うよ」

「前より食べる量減っちゃったって、お母さんはバイキングの時は絶対言うよ」

少女は気の毒そうな顔をして言い、ドリアの白いソースとライスの混じったのをパンにのせる。私はね、中学生の時は朝から、リモコンくらいの大きさの焼き芋四本食べてたんだよ、とあなたは胸を張って答える。リモコン、と少女は笑い出す。あなたはそれで調子を良くし、あと一つパンを取りに行く。新しくアップルデニッシュが並べられていたので、もう食べられないと言われたら私が食べればいいと思いながら、少女の分も取ってやる。ここでもクリスマスソングがずっと、種類豊富に流れている。

あなたは背中で、昨日行ったスーパー銭湯で受けたマッサージを思い出している。娘二人が行きたいと言うので、タオルを大小一枚ずつ各々持って向かった。あなたは本当は裸を娘たちに見られるのは、恥ずかしいから嫌なのだ。靴はもうあなたの方が小さい。下の娘の方が胸が大きく、上の娘はなで肩だ、私には姉妹などいないから良かった、並ぶものもなく安心だとあなたは思った。露天風呂の湯気は明るい方へと進み、風と照る陽が水面に布のようなシワを作って、その柄が体に映った。

「この人みたいにかわいいかったら、って思うことって、まだお母さんでもある？」

正面にいた女の子が湯船から出ていくと、下の娘がそう聞き、それがあるの、とあなたは言って笑った。幼い頃カードゲームのカードを飽きずに見つめていたような目で、下の娘は動くものたちを眺めている。露天の季節風呂の中に入れられた、硬く膨らみやへこみのある柚子がおそらく自分の形も気にせずに、流れ出る湯の周りで集まる。下の娘は姉の方が自分よりかわいいと、おそらく幼い頃から思っている。下の娘が立ち上がって内湯に移動し、上の娘が入ってきてあなたの横に浸かる。あなたの小高い丘の胸が、呼吸で浮き沈みする。名古屋で、何か二人でおいしいものでも食べた？とあなたは、うぶ毛を囲む水泡を払いながら聞く。

「別にそういう感じでもなかったし。ラーメン奢ってあげて二人で食べた」

そう言いながら、腰掛けている風呂の岩から手の届く、剝がれそうな木の皮を音を立て剝いている。木は両腕を目一杯広げている。上の娘にも後で、五千円あげなければとあなたは思い目を瞑り、温かい手のひらを腹の上に浮かせて時を過ごす。

「あともう一個言っていい？じゃあお母さんが言う通り先生は向いてないかも、子どもは好きだから独学で保育士の資格取ろうかなって言ったら、器用に何でもできる人はいるけど、あなたはそうじゃないでしょ、やめときなさいって、お母さんあの時言ったんだよ。お母さんは、私ができないと思い過ぎだよ」

蒸気の中の挑むような娘の目を、あなたは一人で見返す。こんな目を向けてもそこにいてくれる人が私にも、若い時にはいただろう、今そんな目をしても受け止めてくれる先はないだろう。否定されることをこんなに恐れなくていいのに、真面目なのだ。倒れ込むように仕事から帰ってきて、休みの日も家で採点なんかして、これ以上あなたに何も無理させたくなかったから、あなたならできるとかできないとか、向いてる向いてないの話じゃなくて、と答える。

「まあ、私がクラスの子たちの心配するのと一緒か」

それとはまた違うだろうとあなたは思ったが、そうだね、あなたももう見守る側だもんねとだけ答えた。大変だけど、というような顔で娘は湯気をまとって微笑んだ。どこへ進むのか分からない水蒸気の粒たちが、すごいスピードで移動していた。

「冬休みは職員室の改装が入ってるからさ、パソコンとか移動させて、図書室が職員室なんだ。靴脱いでカーペットの部屋だから何か楽しいんだ」

そうか、そんなことで楽しいのか。別れて一人でサウナに入ると、内部のテレビは、映画を映している。珍しい、ワイドショーではない。ミュージカルのようで、座るおばさんたちも画面に興味津々だ。あなたはミュージカル映画が好きだ、動きは美しいと、感動は不自然に打ち勝つと、思わせてくれる。激しい曲と静かな曲がくり返され、劇的なことはいつもこんなには起こらないから、歳を取れば映画を見続けるのもいいかもしれない。ただ、目や耳など悪くなっているから、そんなに上手くは楽しめないだろう、本も同じだろう。大勢が体全体で華やかに舞い、気の良さそうな子が主人公で泣きそうになるが、ここならみんなが正面を向いて、汗と混ざるので大丈夫だとあなたは思った。

マッサージの予約の時間が近づいたので、三人で急いで体を拭き、室内着に着替えて移動した。マッサージは誰から受けてもだいたい気持ちい い、思いもよらない角度から押されたり、腕を巻き込むように絞られたりする。あなたをマッサージするのは一番若い女の子で、隣のベッドには娘たちが寝転んでいて、あちらにはあちらの音が聞こえているのだろう。マッサージの子の細い骨があなたの平面に入っていく、あなたの筋肉もその指の一点を目指し、押し合う力にする。目を瞑れば、してくれている人の腕と、自分の体とベッドしかない。筋肉が束か塊ずつで動く、本物は見たことないが、理科で習うようなピンクと白の線でできたすき間を、手が縫っていく。今度ストレッチの本でも、本屋で買ってこようとあなたは思った。マッサージを受けている時は確かに筋肉や骨を簡単に感じられるが、そういうのは、自分一人でも可能であるべきだ。誰か他の人がいなければ硬さも柔らかさも感じられないのは、良くない。娘たちだって、昔は二人で走るだけで喜んでいた、みんな自分の体を確認するためにスポーツなんてして、合掌だって、両手のひらに気づくためにある。

喪服のワンピースなど束にして抱きかかえ、移動させていると、向こうから少女が来る。土曜日なのに珍しいとあなたは思った、少女は正面で立ち止まり、マスクを少しずり下げた。炎症なのか全体が赤く、白い皮が剝けているところもある。おでこや目のきわまでそうなので、マスクは取らなくても分かった。やってきた何かが悪かったのだろう。

「でも皮膚科行くって家出れたからラッキー。お父さんが弟見てる、皮膚科混んでるから遅く帰っても自然」

ピーリングとかって、あんまりし過ぎない方がいいんじゃないかな、肌、そんなに削っていったら、何も防げないようにならないかなとあなたは遠慮がちに言う。表面なんて、あなたにはこんなに中に新しいものが。

「分かってるよ。でもそんなんを言ってほしいのが、穂賀さんじゃないだけで」

少女はマスクを引き上げる。

「肌磨くくらいしか、今自分にしてあげれることないから。穂賀さん、客いない時狭い台でずっと書類に覆いかぶさって何か書いてるよね。私も、年取ったらそんな仕事してたいよ。見栄えとかは気にしないで」

娘というのは、何か意に染まないことを言われるとすぐふてくされてしまう。あれは常連さんにハガキを書いてるの、丁寧に、とあなたは答え、何も知らないんだからと微笑んだ。手紙には文章の横に、新作のジャケットの、襟の部分を細やかに模写していたりする。もちろん、見ていて励まされるような姿でもないだろう。別に仕事を誇りにしているわけでもないので、そんなことを言われても痛くも痒くもない。では、何を否定されればこんなに怒るだろう。髪の毛か娘か、いや違うか思い出か、とあなたは思いながら手は、バレッタ周辺を撫でた。こんなのただ伸びるからそのままにして、乾いて広がっているだけだ。

「娘も甘え過ぎだよ」

いいじゃない、とあなたは大声で言い返す。いいじゃない、どうせ私が迎えに行くんだから。少女のみなぎる力が自分に向けられている。

「あのメダルゲームのおじさんだって甘えてんだよ。おばさんにパウンドケーキ焼いてもらって、ゲームの合間のおやつか、気に入った人にあげる用か知らないけど、持たせてもらって、いいよね。私は結婚しない、娘も、弟みたいなのも生まない」

いいと思う、本当に、何でもいいと思う、とあなたは答える。自信を持ってそれが本当だと言いたいがために、結婚や出産をしてきた気さえあなたはする。痛みも出す水も、それはできるだけ少ない方がいいと思う。これもどうせ、上手に伝わってはいないのだろう。でも性的であることを極力忘れられるから、もう誰も、体のことや愛についてを、私に言ってこなくなるから便利で、とあなたは答えようと思ったが、こんな工夫は別にアドバイスにもならないと思い黙ったままだ。あなたならこのまま育てば、いろいろをやり過ごすことなくしっかりと立ち、自分をきちんと提示しながら話せるだろう、頼もしい。私とは違うのだろう。そういうのは、本当にどっちでもいいと思う、とあなたは重ねて言う。深呼吸をくり返しても、どうせ入ってくるのはスーパーの空気だ、あなたは最近、すぐに激しく汗をかく。

「それってまた何か差し引いて言ってる？担任の先生がグループワークが好きで、唾も飛ぶだろうけどこれだけは譲れないって、いつもペアとか班で話し合いとか朗読させられて。例えば組体操でも、一人より二人三人四人の方が、できる形のバリエーションも増えるだろうって、でもそうかな、大人数になると動けるすき間はなくなっちゃわない？腕の曲げ方だけでも、バリエーションは自分で作れない？そりゃ手くらい繋がなきゃいけない時はあるけど。話し合いでもさせてる方が、活発な授業に見えるだろうけど」

少女は納得のいかない、潤う目をしている。この子のお母さんのように、ポジティブな助言をしなければならないのかもしれない、高校に入ったら、違うスポーツを始めるのはどうだろう。そうか、制御はしきれないけど、でも小さな体だから、引いていくだけではいけないのか、とあなたはふと思った。また差し引いてる、と小さな声で呟き、何か教訓めいたことを、足していくだけではだって、それが重く、荷物になっていってしまうじゃない、その、人数だって肌のケアだって同じように、と何かと何かを絡めて分かりやすく、と思ったが、そんなことは今できないのだった。最後まで聞いてもらえず、長いのを話している途中で少女が走り去ってしまいでもしたら、あなたは傷つくだろう。怒る時胸ぐらを摑む教師がいたのは、そうして固定でもしていなければ、最後まで聞いてもらえる自信がなかったのだろう。

自分が経験していないことでも、教えてあげられたらいいんだけど。私がどこかに、通ってきた至るところに、若さを取り落としてきたとあなたは思ってるんだろうけど、違うんだよ、若さは体の中にずっと、降り積もっていってるの、何かが重く重なってくるから、見えなくなって、とあなたは言う。若いってただ、懐かしいだけなの、思わず少女の手を握る。思ったよりもぶ厚い手は力なく、少女の熱のこもる顔がこちらに迫りくる、できればゆっくり成長し、長く生きてほしいとあなたは思う。あなたの弟の悩みとか、私は嬉しかったの、と続け、甘えてもいいんじゃない、と少女の助けにはならないようでも、一応あなたは言ってみる。甘えたいのも、私にではないだろうけど。大き過ぎず、小さ過ぎないような声を意識する。

「説教は娘たちにしなよ。早く年を取りたがってる方の娘だったら、分かってもらえる可能性も高いよ」

　昨日の露天風呂の近くに植えられた、磨かれた車体のような濃いオレンジ色の木の表皮、落ちて初めて地面を知る葉、添え木の方が目立つ、人の思い通りの、繊細な影を作る大樹が思い出される。温泉は海のようだ、飲まないように気をつけなければならない、海はきれいだ、寄せては返す。早く帰らないと弟が、と呟くように言い遠くなる少女の背中を、ただ眺めるだけになったあなたの、腕をいつのまにか出勤していた加納さんが柔らかく摑んでくれる。

「ほら、棚をこっちにやるんだよね」

　大きな声を出していたことを注意されるかとも思ったが、少女が喪服売り場の客でないのは明らかだったからか、加納さんは何も聞かない。自分たちと同い年くらいの客と口論でもしていれば、きっと謝らされただろう。今日は棚を移動させるから、シフトが何時間か一緒になっている。ゲームセンターのプリクラ機やパトカーの乗り物が、お金を入れてねと話し続けている。遠くに見える多田は時々、自分を励ましてでもいるのか、誰も何も当てていないのにタンバリンを小刻みに揺らし、高くか細い音を出している。あなたは棚のストッパーを外し、周囲のものに気をつけながら動かしていく。それとは違う棚の陰から子どもが飛び出し、あなたのふくらはぎにぶつかってまた駆けていく。子どもは背が低くて大変だ、小さくて見えなかったからと言われてしまえばそれで終わりだ。加納さんのお子さんってもういくつくらいでしたっけ、とあなたは尋ねる。

「社会人何年目かな、もうすぐ三十とかかな」

大変でしたっけ、もう落ち着いてるのか、とあなたが呟くように言うと、大変だったよ、忘れちゃったよ、と笑いながら加納さんが答える。厚い底の運動靴が加納さんを運ぶ、重いのを引きずる時も安定しており、あなたは羨ましく思う。忘れちゃったっていうのもそうですけど、何をしてきたか、自信ないんですよね。ラックを増やして、春のフォーマルコレクションを早めに並べるので、ここもまた少し華やかになるだろう。下の棚が外れて、金属の落ちる重い音がする、すみません、とあなたは誰に向けてでもなく大きな声で謝る。加納さんの、ブロンズ色に染めた頭があちらで頷く、その後もそれぞれで動き回る。いつもなら昼ご飯は抜きだが、今日はまだ二人で商品の点検もあるので、朝作った弁当をあなたは休憩室で広げる。加納さんは売り場にいるので、ご飯の上に炒め物をぶちまけたようなのを、あなたは一人で食べる。ピーマンやキャベツの、焦げ目のきれいについた面を見せてきちんと盛りつけたつもりだが、ひと混ぜすればそういう秩序もなくなり、見られたくないものになってしまう。丸々としたスプーンの底が舌に当たる。ひとり暮らしをしていた窓からは、波打ち進んでいくような幹線道路が見え、丸い光が続き、横の米屋の自動販売機の前で、誰かが私を待ってくれたりしていたのだと、あなたはそういうことを思い出している。

　素早く食べ終え、休憩室に食料品売り場の人たちが塊で帰ってきてしまったのであなたは席を立つ。トイレに行き、ピンク色のタイルが連なる壁を眺めながらする。本屋でマッサージの本を何冊かめくり、覚えられそうだったので、立ったままさりげなくできるいくつかの動きを読み込む。横のコーナーの美容雑誌には、シンプルなケアを丁寧にやるのが一番です、と書いてあるのが多い。少女に近い誰かが、雑誌でも多田でも皮膚科の医者でも、そういうことを言ってくれればいいのだけどとあなたは思う。そう、そんな削ったり磨いたり、石じゃないんだから。ヤマダデンキに入り、大きく一周する。入り口付近に立ち並ぶテレビには、それぞれが浮かべられる色を見せるために同じ映像が流れる。刻々と変わる世界の美しい風景、砂漠、橋、煙の出る工場地帯、平野の農作地。田畑が多いと、きっといつもどこかで何か燃やしているにおいがするだろう。その後は中華料理を次々作る映像に切り替わる、中華料理は炎も上がるし劇的だからかとあなたは眺める。

「クリスマスらへんは付き合ってましたよ、すーぐにあっちから言われて別れましたけど」

　そうか、娘ってすぐに嘘を吐くから、とあなたは微笑みながら答えた。私だって親に嘘くらい吐いた。小学校から帰るのが少しでも遅ければ、ママは自転車に乗り学校まで探しに来た。ウサギ小屋も満足に眺めていられなかった。放課後には小屋に、用務員さんがあげるニンジンや葉が登場して、楽しかったのに。だから終わりの会にいつも議題が出て長くなるのだと、説明して遅く帰った。作り話の、今日のクラスの議題は、ママに聞かれればいくらでも思いついた。高校生の時は痩せたくて、弁当はご飯だけ学校で捨てていた。おかずと別にしておにぎりにしてもらっていた、その方が捨てやすかった。放送部の部室にある大きな蓋付きのゴミ箱にどんどん捨てていって、大掃除の時くらいしかゴミ袋は替えなかったが、臭くならなかったのだろうか、そんなに鈍感だっただろうか、とあなたは首を傾げた。こんなに私に、食べさせようとしないでくれと思っていた。

「あの子穂賀さんの娘さんでしたっけ。いや、何もしてないですよ。後から淫行だったとか言われたら死ぬじゃないですか。一緒にどっか行くだけでもダメなんですっけ？何かネットで調べたけどよく分かんなくて」

あんな小さな娘はもういないよ、例えだよ、とあなたは言った。口に集中すると、歯が痛んでいる気がした。

「ペットショップで、魚の餌見てる時に初めて話しかけられたんですよ。魚好きなんですって。穂賀さん、娘さんと名古屋行ってきたんでしょ、いいなーって言ってました。これ、あの子がとってくれたんすよ。クレーンゲームすぐ上手くなって、運動神経いいんですかね」

多田は腰のキャラクターの群れの一つを指差す。そう、あの子は運動が得意なのとあなたは答える。最近は加納さんの出勤日から少なくなっていっていて、あなたも平日は夕方までシフトに入ることはなくなった。会計はレジの人たちがいるのだから、説明の私たちはいなくても、いいといえばいいのだ、不要の仕事だ。どんどん時間が減らされて、ついにここからいなくなってしまうのだろう。何着も買った喪服は行き場を失うが、もちろんその後も、あなたは好きでここに来て時間を潰す。言い争いの次の日から少女はいつも、フードコートの、前とは違う遠い窓側の席に通路に背を向け座っている、目も合わない。悪いことをしてしまった、座れない席があるというのは不自由だろうと気の毒に思う。ゲームセンター内部をぼんやり見やると、メダルゲームをするおじいさんは二人になっている。白い帽子の横に、似たような色の組み合わせの服で並んでいる。二人で透明の箱にもたれかかって覗き込み、感想を言い合っている。テンポの速い、魔法をかける時のような曲が取り囲む。

「もう一人登場して、最近二人で常連なんですよ、背の高い人と。仲いいですよ、一つの席で順番交代で打ったり」

多田が微笑む、おじいさん同士で肩など触り合っていて楽しそうだった。あなたは自分の売り場に戻る、一緒にいる仲間もいないので、背をまっすぐにしながら肩甲骨を狭めるポーズを取る。両腕を伸ばして大きく回す、の動きを試してみると、あまりにもダイナミックで驚く。手はどうした方がいいのだろう。握り込むか、開いて何か受け取る手つきか。

早めに出勤してしばらくショッピングセンターの中を歩けば、冷たかった体の表面とここの気温が自然とつり合っていく。家の中は今日も寒いがここまで来れば安心だ、今までで一番寒かったのはいつだろう。夫とのスキーも寒かっただろうけど、あれか、娘たちを連れて病院に行った時か。出掛けようとしていて、ベビーカーにのる娘のどちらかが跳び上がりバランスを崩し、前のめりに音を立てて落ちた。暴れる二人を抱え、脳神経外科へ自転車で走った。車通りの多い細い道で、コートを着るのをあなたは忘れていた。頭はこの子の方が大きいなと、医者は笑って感想を言った、じゃあ下の娘だったのか。無欠ではない体だが、私の頭は私の考えにいつも付き合ってくれる。

外を見ようと窓の向こうに目をやると、球場が近いのでバット形の石像が横たわっている、それが大きなガラスの窓近くにあるので、彫り込まれた文字の列が見える。いつか消えるが、でも刻まれている、目はぼんやりとだが、こんなに遠くまで見える。沿道では、切られていく枝が地面に倒れ込む、毛のあまりない犬が、その代わりに服を着ている。今日も棚には無事に新しい商品が、できるだけ悲しみなどは想起させぬよう、どれも、誰もが同じであると説明するように並んでいる。誰も並べ方に、自分らしさを残そうとなどしない。新生活に向けてか桜色の鍋のセットが一階には並んでいる、男の子の卒業用のフォーマルウェアは明るいネクタイの色で、大人みたいなサイズだ。

もうあなたの癖になってしまった、ここを通る時は一応フードコートを見渡す動作を今日もする、いないようだ。少女を見かける頻度は最近減ってきている、前のように、毎日来ているわけではないのだろう。入試が近いのか、引っ越すと言っていたから、もうそんなに会うこともなくなるのだろうか。誰かが引っ越して悲しい、などということはもうないと思っていた。育児にやりがいを感じ始めてしまったのだろうか、責任ある家庭内の仕事がもっと増えたか。でも時々はやはり少女はそこにいて、喪服売り場から遠い方角の奥の席に、通路に背を向けて座っている、をくり返していた。来づらくさせているなら申し訳ないが、喪服売り場へはここを通るのが一番早い、とあなたは思いいつも目立たぬよう通り過ぎていた。

売り場へ出ると、四人連れの家族が喪服の前で立ち止まっている。母親はセールになっている棚が気になるのか、しきりにベビーカーを押す夫に指差している。その間にいるのはあの少女だ。あなたは立ち止まり、少女を見つめる、肌は治っている、良かった。少女は父親に笑いかけている、ベビーカーで暴れているのが弟だろう、あの子はいつも、ベビーカーの上では立ち上がってしまうのだ、幼児は子熊のようだ。あなたは一歩踏み出し泳ぐように進み出て、お探しですか、といつもならしない積極的な接客をする。

「でも妊娠中なんで、サイズが何号かっていまいち分からないんですよね。今必要なわけじゃないし、喪服。私、ウエストどのくらいだったんだろう」

弟は安定しない座席の上で立ち続ける、もうきっと、このベビーカーではいのだろう。大きくなる体を持て余しながら成長していくのだろう、もうすぐ歩いて、少女の手を振りきって行ってしまうのだ。立って、周りと同じ姿勢を取りたいのかもしれない。お子さん、かわいいですね、二人ともまだ小さなお子さんですね、とあなたは少女の方を片手で示す。少しあなたは泣きそうになって息が詰まる、若いのでもないのに、と思う。母親は不思議そうな顔で、どうも、と答えた。子どもを眺められ感想など言われるのは、それは嫌だろう。少女は家族の内部に畳み込まれて黙っていた、父親もいい人そうだった。ベビーカーの上の弟は自分なりのバランスで立ち、脱いでしまった靴下を口にくわえ、それだけでこんなに嬉しそうだ。家族はそのまま行ってしまう、あなたは、またお越しくださいと言い礼とともに見送る。母親は妊婦なので、開いた足を蹴り上げるように進む。

その次の日もあなたはフードコートの前で立ち止まってみた。少女はいて、ちょうどカウンターでジュースのコップを受け取るところだ、紙のお手拭きと共に握りしめている。少女はあなたに気づき少し眺めてから、通路に近い席に座った。向かいの席に置いていたリュックを、自分の座る椅子の背もたれにかけ直した。窓からの光で眩しいのは肌か、あの子自身か、あなたを待っているのだろうか。少女は目を上げ、こちらを見ている。本当だ、喉が狭まるようだ、あなたは遠慮がちに近づく、少女に向かい歩いていく、思い出したことを言うつもりだ。声はきちんと出せるだろうか、この、年を取れば低くなっていくばかりの声。ねえ、目を上げれば何か、人間以外のものが背景にあるようなところ、長めの用水路だっていいの。揺れる木の二、三本でもあれば、大きな岩とか芝生でもいい。そういう場所でなら、弟たちの拙い歩行もいつまででも見ていられる。この前近くの公園を通りかかって、自転車から降りて一周して、休みの日だったから人が多くて、子どもたちはいつも通り、お互いにぶつからないように走り回ってた。重力を受けない、跳ねれば弾んでいく体だとでもいうように。どの女の子も、くくっている毛の根もとがぼさぼさで、子どもから目を離さないようになんて役割はもうないから、私は炎みたいな形の木とか、太い幹の根もとから色の薄い若木が取り囲むように生えてて、これから競い合うように、枝はどう伸びていくんだろうとか、そういうのを眺めてた。砂には実や短い枝やガラス片、太い毛が混ざっていたりした。鳥に砂をあげようと、スプーンからこぼさないように静かに歩いて追いかけてる子がいて、でもその子の親が、ずっとその後ろについてるから、それで鳥が逃げちゃうの。

あなたと話したいから思い出したの、うちの近くには団地があって、それがありがたかった。寒さでベランダの柵が鳴り出すような古い建物で、錆びた遊具や枯れ木なんかが落ちてた。最近行ってみたの、壁は思い出のよりもっと黄色くなって、バリアフリーなんてない頃のだから細かい段差がいくらでもあって、大きな切り株は、時が経てば岩と見分けがつかなくなって。あんな地面を、どうやってベビーカーを押して進んでいたんだろう。日なたの黄色い芝生に鳩がたくさんいるだけで、あの子たちは叫ぶほど嬉しがって、私も手を打ち鳴らして、芝生は古かろうが柔らかくて安全で、陽が照ればなおいい。傾斜の緩い坂もあるから歩くのに楽しく、夕方は団地の子で溢れるけどそれまでなら人がいなくて、強い風が吹けば砂が形を作った。広いから周りは明るさばかりで、木も、用水路からの水音もあって、ああいうところが、長く待っているにはいいんじゃないかな。少女が、近づく自分を見てうつむいたとしても、それならできるだけこれで最後だというように、でも力を込めてそう言う。進む脚に力は均等に入る、スーパーの空洞を循環する暖かな追い風が背を撫でる。あなたに何かを伝えられる喜びよ、あなたの胸を体いっぱいの水が圧する。

マイホーム

見れば胸の中央から吹き出るように、服に水滴のシミが散って模様になっている、薄いベージュのワンピースだから目立つ、子どもたちの食べこぼしかよだれだろう、無地の服ならやっぱり、黒以外は着ちゃいけないんだと思いながら彼女は、昼の光を吸い込むガラスのドアを、体の重さで押し開け中に入った。

荒川さんですか、私の旧姓と一緒、と名札を見て彼女が呟くと、目の前の荒川は、なるほどですね、と笑顔で返事した、そのまま彼女の書いた記入用紙に目を落とし、今は芝川さまなんですね、違う川になったんだ、と独り言みたいに言う、お子さんがお二人なんですね、と聞くので、彼女は頷く。

双子で一歳半なんです、寝返りしたら、歩いたら、離乳食が一日三回食になったら、自我が芽生えたら大変だよってそれぞれ脅されてきたけど本当にいつも、言われた通りに大変、と答えると、なるほどですね、と荒川はまた言い、本題なのですが弊社が、初めて来られたハウスメーカーなんですね、と確認した。

そう、住宅展示場とかも行かなきゃとは思ってるんですけど、こちらの会社は建てる土地に近いしインスタの写真がすてきだったから、土地はもう夫の親、義父が買ってくれてるんです、義父の家の裏がちょうど売りに出てたからってこの浜の方に、と彼女が答えると、奥さま、この今いる事務所の横に、弊社の建てた宿泊体験していただけるお家があるんですが、と荒川は声を大きくした。

弊社の家の実際の使用感、サイズ感などチェックしていただくためなんですけど、リビングの窓はこれくらいの大きさがいいな、とかは暮らしの中でしか分かりませんから、冷蔵庫と電子レンジなどは備え付けであるんですが、まあビジネスホテルに泊まる、くらいに考えていただければ、以前は最低限の寝具はお貸ししていたんですがこのご時世で、と荒川は自分のマスクを指差す。

ガスも通っているので、材料を持ってきていただければ料理も作れます、流し台の高さとかもご検討いただけるので、調理してみるのはおすすめですね、家のとなりが事務所なので安心です、と荒川は説明した、寝袋やタオルなど布類は持参でお願いいたします、と寝袋のチャックを首もとまで上げるジェスチャーをした。

鞄を下ろしながら、ありがとう、家のこと私に決めさせてくれて、その体験の家に次の土曜日泊まってくると彼女が言うと、仕方ないよな、場所はまあ俺のいいようにさせてもらってるし、家なんて帰ってまたどっか行くだけだからと夫は答えた、でもお前一人で宿泊？もっと他に、上手いやり方ないの、と夫は言い、気まぐれに子どもを抱き上げるのだった。

上手いやり方、たとえば？お義母さんも腰が悪いから、この子たちを預かってはくれないでしょ、うちの親は遠いしと小さな声で彼女が言えば、目も合わせないまま、もっとみんなが、楽できるようなさ、と腕の中の子どもをぐらぐら揺らした、そんなにしないで、揺さぶられっ子症候群になっちゃう、と彼女は夫から引き離して抱き寄せた。

はいはい、と夫は手持ちぶさたになった腕をほぐすように揺らす、一晩、ちゃんとできる？と彼女が聞くと、お前ができるんだからできるでしょ、と夫は笑ってあっちに行った、鞄の中の雑多なレシートなど、整理しようと思って見ると、この前産婦人科でもらったエコー写真が指に当たる、彼女はその白黒の、テラテラして薄いのを眺める。

バウムクーヘンを半分に切ったような形の、白い内部が写っていて、波紋のような模様はびっしりと子宮の中の肉だろうか、それとも空間でもあるんだろうか、そんなに見たことないけど天体の、星の動きを何時間もかけて撮った写真みたいだと彼女は思った、二人がお腹にいる時はこの中に黒い海みたいなのができて、丸が二つ浮かんでいた、今は何もない。

　産婦人科は、生理痛とはまた違う痛みで、おりものもだらっと出て不安だったので行った、待合室で子どもたちを押さえながらすごく待った、検査したけど異常も妊娠もなかった、きれいな子宮ですと言われ、ありがとうございますと彼女は答えた、この子たちの出産は大変だった、立ち会い出産でもなかったから夫は知らないだろう、沖縄の蟹みたいに、車で轢《ひ》かれるかもしれない道路を、産卵のために大移動するっていうなら努力も見えやすくていいのに。

　テレビの方を見ればその前に、虫のように子ども二人が集まっている、番組ではコーヒーチェーン店の比較をしている、スタバの女神の顔は左右対称ではないらしい、何でも最初は私としよう、スタバもドトールも私と行こう、と二人の脚を両手でさすりながら彼女は言う。

　ぜひスマートキーで開けてみてください、となぜか声を潜めて荒川はささやき、彼女に車のキーじみたのを差し出す、これを鞄にでもポケットにでも入れておくと、ドアのボタンにタッチするだけで鍵が開きます、便利ですよね、お子さんいらっしゃると、両手塞がっちゃいますもんねと言い、オプションの料金にはなってしまうんですけど、と続けた。

家の中をあらかた説明し、ここからの景色が最高です、と住んでても開けないであろう高い位置にある小窓を指差してから、明日の朝、そうですね、十時くらいには横の事務所にいるようにしますので、私に直接鍵を返してください、とそれだけ強い口調で言って荒川は家を出た。

荷物をどこに置こうと考えて、布類が詰まった大きなリュックを、一階のクローゼットに押し込む、家をひと回りする、どの窪みも、家具や家電がもっと置かれるのを待っている、今頃あの子たちは昼寝から起きて、野菜スナックと私が剝いておいたりんごを食べているだろう、夜は用意してあるクリームシチューとロールパンを、明日の朝は冷凍庫の炊き込みご飯のおにぎりと冷蔵庫のかぼちゃの味噌汁を食べる。

鍵と携帯、財布をポケットに入れて、彼女は外を歩いて回ることにする、駅とは反対の浜の方に向かえば公園は、南の島みたいな木でいっぱい、大きな用水路は海に直接流れていく、手に何も持っていないことに慣れず、私は一人で歩く時に、両腕をどう振っていたんだっけと思った、子どもたちはどう？と夫にＬＩＮＥすると、オッケー、と返事が来た。

この前の一歳半健診は、公民館の広間に子どもたちが集まって、あの子たちはそんなに多くの子どもを一度に見たことはないから、二人とも最初から泣きわめいた、歯科健診のブースでは彼女が羽交い締めにした、積み木を積む検査をする余裕もなく、暴れる二つの体を両腕で必死に落とさないようにしていた、そんなに泣いてるのは、あの子たちだけだった。

彼女はそれを思い出して微笑む、次はたぶん三歳児健診だから、きっと少しはマシになっているだろう、健診が終わって、希望したから別の個室で保健師との面談があった、言葉の出は遅いかもしれないです、と彼女が不安を言うと保健師は、相談できる機関はたくさんあります、療育なども行ってみてもいいかもしれませんねと言った、どこでできますか、と彼女が聞くと資料の束を漁ってから、インターネットで調べてみてくださいと答えた。

いつもならこの時間は、昼寝から順々に起きたあの子たちをベビーカーに乗せ、公園かスーパーにでも行っている、安く買った二人乗りベビーカーは車輪の滑りが悪く、ずっと腕に力を込めていなければ進まない、縦に長いからどちらか片方に傾いていってしまう、友だちの、一人用のベビーカーを押させてもらった時は軽くて驚いた、日傘を差す余裕もこれならある、と思った。

腕は風を触るように、軽く振るようにした、工事中の開けた区画があるので近づくとオレンジ色ののぼりが立ち並び、新しい街・全66区画分譲中、と書いてある、完成した家から売っていっているらしい、まだ半分くらいしか建っていなくて、建設中の覆いの中からバチバチと釘を打つ音が響く、新しい街、と呟きながら見回す、今はまだ低い草が生えていて、パイプが何本ものたうっている。

まだ空は広いから丸い、海の鳥の声が聞こえる、奥に行けば住宅展示場のように家が並び、でももう人がたくさん住んでいる、同じ会社が作っているから似た家が建って、一軒売れ残っているのだって、他のと何ら変わりない、日当たりのせいだけで売れないのか、と彼女は思った、人の家は見ていて心楽しかった、改善点はいくらでもある気がした。

大きな道路に面した看板には、無電柱の街・デビュー、と書いてあり、それは羨ましかった、木々が好きなだけ青く、でも秩序を保って生えている、傾斜を見つけて水が流れる、彼女はスーパーに寄り、夕飯と朝食の買い出しをする、一人分の食事の材料をカゴに詰めていく、今日は道幅の狭い通路も通れる、普段は行かないようなワインの売り場までじっくり見る。

夕飯の準備をしているとチャイムが鳴り、インターフォンの画面を見れば荒川が映っている、モニターの横の解錠ボタンで、玄関に来なくても鍵が開けられます、と大写しの顔が嬉しそうに言った、リビングまで入ってくると、一応どなたの時も来させていただいてます、何か不都合ないですか？と両手を広げた。

早く帰ってほしかったけれど彼女は気を遣って、じゃあ、メジャーで長さを測るの手伝ってもらえますか、と頼んだ、そうですね、何センチなら、体感で言うとこれくらい、というのを押さえておくのは大事ですからね、あとはコンセントの場所など考えていただけたらと思います、もっとコンセントをつければ良かったというご意見はよくお聞きしますので、クローゼットの奥にもちゃんとつけて、ルンバの基地にするとか、最近は多いですね。

この端からでいいでしょうか、と荒川はメジャーの始まりの部分を壁に合わせた、何箇所かをそうしてペアで測って回った、お子さんは双子ちゃんなんですよね、性別は？と荒川が聞くので、男と女、と彼女は言う、へえ、それはちょうどいいですね、と荒川は笑顔を返す、彼女は熱心に携帯のメモ機能に、長さを書き込んでいる途中なので、そうなの、ちょうどいい、と適当に答える。

計算すると、この八畳の部屋でもクローゼットがある分狭くなって、テレビ台とダブルベッド、シングルベッド一つずつしか置けないみたい、あの子たちがもう少し大きくなれば、夫も一緒に四人で寝るだろうから、もう一つシングルを置きたい、それなら九畳は必要なのか、でも二人が巣立ってしまえば、九畳の部屋なんてどう使えばいいのだろう、趣味の部屋か、と彼女は途方に暮れる。

何となく二人で台所に行きつき、まな板に鶏のモモ肉をのせていてそのままだった、あっ、ちゃんと調理してみていただいてるんですね、と荒川は言い、どうですか、このキッチンの台の高さは、と続ける、そうですね、と彼女は包丁を持ち直し、切る体勢になってみる、もっと高くても低くてもいい気がした、体は曲げて合わせられた。

奥さま、背が少しお高いですもんね、ご主人さまはどうですか、と荒川は尋ねる、台所は、分からないから任せるって言うと思います、でも洗面所だってベランダだってそうだと思うけどと笑うと、それはあるな、家は奥さまの城だもんなと荒川も笑った、独り言のトーンで言えば、敬語を使わなくていいと思っているんだろう、と彼女は思った。

他にすることもないので、包丁でモモ肉を撫でながら、鶏肉のスジって下ごしらえで取らなきゃいけないっていうけど、どこまで取ったらいいか分からないですよね、と彼女は言う、どの程度切ったら終わりでいいんだろう、っていつも思いながら抜いてる、目立つ白いのってこれ血管なのかな、全部取ったら肉がバラバラにほどけちゃうんじゃないかな。

なるほどですね、と荒川は答え、まあスジがね、お家みたいなものですね、血管ですから、繋げて成長させるんですよね、家族を、とそのまま無理やり家の話に持っていく、でも暗いキッチンだったらスジもよく見えないですよ、うちの台所がそうなんですけど、暗いからまな板にのせてても何か死んだ肉と向き合ってる感がありますもん、でもこう、弊社のキッチンは明るいですから大丈夫です、天板も丈夫で、と念押しして、荒川は帰っていった。

白いスジは引っ張るとそのままどんどん肉の下を進み、途中で切れたりした、フライパンで皮の面からじっくり焼き、プチトマトも横で焼いて、潰してトマトソースにしてパンも添えた、となりに子どもがいるわけでもないのに、彼女はすばやく食べ終えた、風呂に入れば浴槽は細長く、この大きさならあの子たちも、並んで座れるかもしれないと思った。

今の家の風呂は狭いから、三人で入ると子どもは立っているしかないのだ、これくらいとこれくらい、と両手で撫でているかのように子どもたちの肩幅を形作ってみるが、この大きさで正しいかは分からなかった、着替えて、夜になった部屋はまた違うのかなと思い、一部屋ずつ確認していく、大きい窓、でもこんな大きさがあっても、後でみんなカーテンで塞いじゃうよね、と彼女は呟いた。

どんな形でも仕様でも、もう用意されていればどうにでもやっていける気がした、だから建て売りで買う人も多いのか、となりの家の壁の色がすごく重要だ、窓から見えるのが眩しいオレンジ色の壁だったら、日の出みたいに明るいんだろう、でも建てる土地はもう決まっていて私は関係ない、横の人も選べない、と彼女は思った。

畳の部屋に寝袋を真っすぐに置き、夜泣きの声もないので、続けて朝まで眠った、夫はいつも私たち三人とは離れた別室で寝ているから、昨日の晩はうるさくて驚いただろう、もし子どもたち二人だけ別に寝かせて、自分は違う部屋で寝ていたりしたら許さない、と彼女は思った、窓は全て磨りガラスなので、カーテンがなくてもやっていける、その四角の向こうにぼんやりと、となりの家の窓が映るのを眺める。

彼女は懐かしく思い出す、昔おじいちゃんを図書館で見かけて、でも話しかけずに後ろを通ってそのまま帰った、おじいちゃんは本日返ってきた本の棚を、腰に手を添え眺めていた、声をかければ良かったと悔やんではいないのに、死んでから思い出すのは棚の前の横顔ばかり、茶色いツイードのジャケットばかり、その太い腕と腕を組んでどこへでも行った、すごく優しくしてくれた。

　ここに子どもがいてもいなくても、果たして同じ自分だろうかと彼女は思う、あの子たちのことは愛してる、目が合えば手足を動かし笑ってくれる、蓄光してぼんやり光るおしゃぶりを咥《くわ》えて寝るから暗くても二人、どこにいるのかちゃんと分かる、よだれが水っぽいにおいの子と、もう片方は息がコーンの缶詰みたいなにおい、でもそんなにおいは、きっといつかしなくなる。

　買っておいたパンをレンジで温めて食べ、缶コーヒーをゆっくりと飲み、歯を磨く、自分の唾は人のより粘度が高い気がする、小学校の給食の後、手洗い場でうがいをしていたら、お前唾糸引いてるじゃんと男子に言われた、確かに細長く垂れていて、他のみんなはそんなことなかった、だから彼女はもう、人が見ているところでは口をゆすがない。

　掃除して回る、風呂場の扉を開け、シャワーの水で壁の上の方から毛などを流す、大きく見えた作り付けの棚だけど、あまり物を置ける場所がない、シャワーのホースを大きく動かすと当たってしまうだろうから、私のシャンプー、トリートメントやクレンジングジェル、泡で出てくる洗顔料を置けばいっぱいになってしまうだろうと彼女は思った。

荷造りと戸締りを終え、彼女は事務所の扉を開ける、荒川が待ち構えている、お疲れでしょうから、お帰りになってからこのアンケート用紙にまたご記入ください、とびっしり二枚書かなければならない紙を差し出す、おまけなのか、重たい食器用洗剤もくれる、また考えます、と彼女が言うと、それはもう、一生のお城ですからと荒川は答えた。

もう一度外観をじっくり見てみましょう、と荒川に促され外に出て、彼女の目は家の外壁を見つめる、いかがでしたか、黒っぽいのが、今人気ですよね、と荒川は説明を始める、遠く向こうには山が見えるので、彼女はぼんやりと、昔登った富士山を頭に浮かべる、でも八合目くらいで泊まってサークルのみんなと雑魚寝した、あの二段ベッドまでしかもう思い出せなかった。

陽は不思議なほど、照ったり陰ったりをくり返している、昨日はクリームシチューだったから、今日は和食にした方がいいと思う、お米を食べることは大事らしい、と思いながら彼女は自分の豊かな胸もとを眺める、服を脱げば産前よりホクロが多くなってしまった、子どもと入るようになって、風呂場にはもうT字カミソリも置けなくなった。

このハウスメーカーの標語なのか知らないが、一生のお城ですから、という言葉がまた横でくり返されるのを聞き、その一生のっていうのやめてください、と彼女は強く声を出す、すみません芝川さま、と反射的に謝って、お城、がダメでしたかね、とまだ若い荒川が呟く、私も荒川だったんだけど、大きな川だったんだけど、道の傍の用水路から、子どものゲップによく似た音が聞こえ続ける。

荒川さん、やっぱり、こちらのハウスメーカーで家を建てるの、やめようと思います、と彼女が言う、なるほどですね、と答えながら荒川は焦ったような顔をしている、ノルマとかがあるのだろう、芝川さま、どうしてそう思われたのでしょう、ご意見お聞かせねがえますか、と言い、荒川はメモを取る姿勢になる、仕事用のノートだ、私は辞めたからもうそんな物はないのだと彼女は思った。

あそこ、一人で住んでるイメージしか浮かばないんです、何していても、と彼女は答える、荒川は笑顔になる、お一人で泊まられたのが快適だったんですね、よくあります、この家お子さんは泊まれないんで、預けてご夫婦で宿泊体験される方も多いじゃないですか、ここに二人で住めたらなあ、なんてね、翌朝よく言われます。

そうかな、と彼女は言い、そうかもしれない、と荒川を正面から見つめて笑うようにした、別にここで分かってもらう必要もないんだった、私がどんなに、昔一人でいられたかを、好きな場所に物を置けた、自覚していなかったけれどそれは確かに自由だったことを、荒川はメモに一応、一人、と書き込み下線を引いている。

でもそんなのは、どこのハウスメーカーさんでも同じなんじゃないかな、とまた独り言の調子で荒川は言い、浜だから地震の時怖いと思われました？でも地震なんてどこで起きても怖いですからね、と続けた、彼女は時計を見る、もう好きなアニメも終わる時間、あの子たちはちゃんと今笑ってるかな、と懐かしく思い出す。

話し続ける荒川に視線を戻し、そうですね、家は白い血管、とりあえず繋いで守ってくれる、と彼女は呟き鍵を荒川の足もとに置いて返す、それに背を向け離れていく、またお電話差し上げますので、という声が後ろから聞こえる、大きなヤシの木の下に入り込むと、したたるように伸びる葉が彼女を包み込むよう、浜の公園には南の島のような木がたくさん生えている、彼女は両腕を交互に振って、まずそちらへ向かう。

キャンプ

サービスエリアの広く清潔なトイレから出ると、正面から来る人影が、何かを抱きとめるように腕を広げて向かってきた。少年は一瞬、父親かと勘違いしたが、ただの知らない大人の、小雨が降っているかの確認の姿勢のようだった。抱きしめられるのかと思った。集合場所の階段の前には遅れていた親子ももう到着していて、みんな揃ったから、それぞれ自己紹介をした、少年はできるだけ大股を広げて立った。大人たちは似た背格好なので、もちろん少年に見分けはつかなかった。これ、大好きな甥っ子、とおじさんは少年の背中を軽く叩いた。それぞれ飲み物でも買おうということになり、おじさんは周りの子どもたちを眺めながら、何でも買っていいんだぞ、と少年に向け大きな声を出した。少年は母親とどこかに来た時より、気を遣わずに選んだ。姉さんへのお土産も選んでくれ、と言われ、値段を見ずにドレッシングのセットをカゴに入れた。母親とだと少年は遠慮してしまう。レストランに行っても無意識に、一番安い価格帯の中から選ぼうとし、少年は屋台を模したカウンターを往復し、長いポテトフライも手に入れた、キムチの出店のお兄さんが、ずっと頑張って大声を出していた。

お父さんたちはコーヒーを飲み、子どもたちはまだ距離を保ちながら輪になった。あちらの山の景色が見える柵の前で、着物姿の男女がカメラを向けられていた。結婚式の前撮りかな、思い出のサービスエリアなのか、せっかくなのに小雨で、でもあっちは雲が切れてきた、とお父さんたちは感想を言い合っていた。女の人の着物は赤く、男の人の方は遠くからだと、小さい子が白い傘を差しているようだった。それを避けながら一列になり、山と記念写真を撮る若者たちの集団の方を見て、前途洋々だな、とおじさんが呟いた。子どもたちはそれぞれのお父さんたちに、やはり少しずつ似ていた。さっき買ってもらった物を食べ、一番小さい子はカットパインに、筋があれば我慢せず口から出していた。高校の時の友だちでキャンプに行くんだけど、俺だけ子どもいなくてバランス悪いから、とおじさんに誘われたので来た少年は、誰ともそんなに似ていなかった。

入り口にある噴水の、長い放水が続く、少年はバラバラと自分の車に戻っていく親子たちを眺める。サービスエリアは空いていたので、どの車も近くに停まっていた。車に乗り込み、まだポテトの残る平たい皿を両手で掲げながら、子どもが必要な時はいつでも僕を呼んでね、と少年が言うと、おじさんは黙ってエンジンをかけた。見えたり見えなくなったりしながら、アクア、ノア、フリード、シエンタ、と少年は自分たちから数えて前に、並ぶ車種順に声に出してみる。車は特徴がはっきりしているから、名前もこんなに覚えられるのに、と思いながら少年は運転席のおじさんを見た。ノアに乗った、何でか体操服のズボンを穿いてた子は僕と同い年、フリードの子が一番小さくて、五歳だって言ってた、シエンタに乗ってる兄弟は小五と小二、と少年はおじさんに向かって確認した。そう、たぶんそのぐらいだった、とおじさんは相槌を打った、お前ももう四年生か。少年は、人の名前がどうにも覚えられない。出てくる人物の多い小説など読めば、主人公以外は分からなくなって、目次の後ろの人物紹介のページに、ずっと指を挟み込んでいなければならない。出てくる名前が似ているから、外国の小説は読めないくらい。クラスの子の名前でも呼ぼうとすると、間違っていたらどうしようと汗が滲む。みんなもそうなのだろうか、でも先生とかにならなければ、人の名前を多く覚えなければいけないこともないだろう、と少年は思っている。俺だけ一人で参加っていうのもバランス悪いからさ、とおじさんはまた言う。

バンガロー近くの駐車場に全部の車が着き、各々が降りてくる。名前は何だったっけ？とまた全員に聞き直しても、どうせ忘れてしまうのだと思うと少年は気が滅入った。他の子が他の子を呼ぶのを参考にしようと思い、注意深くみんなの発言に耳を傾けながら、少年はバンガローに物を運び込んだ。しかしみんな、ねえ、などの呼びかけだけで、誰もまだ互いを区別していないみたいだった。時々お父さんたちにより呼ばれる名前も、少年にはどれが誰のだか分からなくなった。兄弟の兄の方が棒を水平に保つ持ち方を、五歳の子に忍耐強く教えていた。お父さんたちは、晴れてきたな、さあ、みんなでタープを張ろう、と子どもの心を束ねようと頑張るのだった。兄弟のお父さんが、子どもたちに虫除けスプレーを振りかけてくれる。お父さんのベージュのTシャツは肌に張りつき、汗が形を現した。弟と体操服の子が、木の板で棒を叩いて力を合わせタープの柱を地面に差した。

ゲーム機を持ってくるのは禁止されていたのでそれぞれの持つカバンは軽く、子どもたちは散策に繰り出した。こっちだ、と太い木の棒を拾った体操服が先導した。向こうにはテニスコートがあり、みんな脚を開いて立ち細かく動き、楽しそうに打ち合っていた。直線が重なる網が、子どもたちをあちらのボールから守った。俺の姉ちゃんもテニスやってるんだ、と五歳が嬉しそうに呟く。進んでいくと一面の緑で、葉が目の高さいっぱいにあったりした。大切にされている花壇があり、原産オセアニア、原産国アメリカ、と名札でこちらに説明していた。兄が大声を上げて体を曲げる、兄ちゃんどうしたのと弟が聞くと、死骸死骸、と答えた。

はっきりともう動かないような死骸を、五人で円になり囲む。黒と茶色だ、ゴミ袋みたいで光ってるよ、フェレット、イタチとかじゃないかな、と口々に言い合う。顔はきれいに残っていたので少年は覗き込み、ペットショップでいつまでもただ横になっていた、安く大きくなったウサギと同じだと思った。解体しようか、と誰かが言って、みんなも屈む。皮を剝ぐんじゃない?五歳の息の音と声が、少年の後ろから聞こえる。この、どれだけ厚いか分からないのを?と少年は思いながら前食べた桃の、自ら進んでいくように剝ける、べらりと滑らかに手にのる皮を思い出す。それと同じように剝がれるとは、少年には思えなかった。革の手袋とかあるじゃん、そういう薄さなんじゃないかな、と弟は自分を励ますように言った。風は足もとで広がり、乾きはじめた葉を持っていった。手で触っちゃだめだろ、と兄が言い、死骸を分解できるような、子どもが自由に使える刃はバンガローに戻ってもないことに気づいたのか、みんなしばらく動かなかった。

弟がさっき体操服から譲り受けた木の棒で、死骸を強く突いてみた、周りは加勢せず見ている。えい、と何度も死骸に棒を突き下ろす。それで飽き足らず、細い棒二本を箸のように持ち、体全体を挟もうとしていた。よく犬とかもいじめるんだよな、と兄は小声で呟いていた。気が済んだのか弟はもう棒を捨て、手を打ち鳴らしたりしていた。死骸、隠してはあげたいよなと体操服が言い、でも近くにカバーできる物は何もなかった。俺、下敷きあるわ、これで掘ろうか、体操服は少し大きめのリュックから、硬い下敷きを出した。扇げたり、プリントを切る押さえになったりして下敷きは万能だと少年は思った。

違う家って、違う国だよな、各国のニュースみたいに、他の家の出来事でも流れてればずっと見てられるけどな、と体操服が下敷きの丸みを活かして掘りながら言った。兄は少し考え、参考にはなるかもな、と答えた。夕飯に何食べてるか、何話してるかとか、見たいよなと少年は言った。深く土を掘ることはできそうになく、子どもたちは埋めることを諦めて森の先へ進んだ。岩が積み上がり崩れ落ちそうな短いトンネルがあり、そこにみんなで入り込んだ。岩が風で鳴ると、兄はすぐにトンネルから抜けた。危ないぞと言いながら、留まる四人を見ていた、密集した体はみんな汗のにおいだった。手に触れたので、何で体操服着てんの?と少年が聞くと、体操服は照れた様子だった。キャンプだから汚れてもいい服装って、でも俺サッカーとかもしてないし、母さんって高い服ばっか買ってくるから、こういう時になくて、と答えた。岩には木みたいな筋が入り、取り囲まれると空気が耳を塞ぐよう。

細い切り株を、黒と白のフリルのようなキノコが覆っていたりする。池には縁が白く塗られたボートが、口を開けて待っている。水に咲く大きな丸い葉があり、触ると布みたいに柔らかく頑丈なので、少年は茎から千切って持って歩いた。ゲーセンの店員になりたいな、お菓子とかの小さいクレーンゲームの透明の蓋開けて、手前に寄せたり山作ったりしてる時あるじゃん、神様の気分だろうな、あれ、と弟が言った。五歳はずっと喋って、雲を薄く被った陽光の方に向かって時折走っていた。もっと奥にも行ったが、見るべき物は特になかった。子どもたちはテニスコートを目指して帰った。通り過ぎる時に見ると、太陽に遠ざけられて動くように、死骸の影だけが移動していた。さっきの丸い葉を、顔なじみのような死骸に重ねた。

大きな鍋があったら貸して、と言われて持ってきた鍋は外でだとみすぼらしく見え、少年はまだらになった下の方を隠すようにして、火の網の上に置いた。おじさんが、ぶるんとした肉を網にのせていった。前髪の薄いお父さんが、明日の分まで食べるように食べていた。鍋ではインスタントラーメンが煮えている。弟は落とした肉を、砂を払ってから口に入れ、男らしいなとみんなが満足そうにしていた。五歳は、肉おいしい、とくり返しお父さんに笑いかけた。もうないよ、と強い口調で言われ、肉おいしかった、と言い直していた。そのお父さんは励ますように、明日の朝はピザーラのピザだからな、もう買ってきてくれてるから、炙って食べようなと言った。食べ終えたお父さんたちはそれぞれ違う電子タバコを咥える。にわかに雨が降り出し、重さでタープの屋根がずれていく。

バンガローには広い二部屋があり、お父さんたちの部屋に肩から入ると、おじさんは二段ベッドの下の段で、枕もとにもういろいろ、ゴミを入れる袋をきっちり掛けたり、フックでポーチをぶら下げたりしていた。一緒に覗き込んだ体操服が、父さんたちの部屋はベッドか、いいな、もう空気ムワムワしてる、と鼻をつまんだ。小雨が降ってきたけど行くからな、温泉の準備しろってみんなに言っとけよ、と体操服のお父さんが指示した。二部屋を繋ぐ廊下は応接間みたいになっており、そこに緑色の洗面台もある。行くしかないので、歩ける距離にあるスーパーと、日帰り温泉へ出発した。酒飲んでなかったら絶対車だったな、とおじさんが言った。肉を焼いたにおいがみんなを包んでいた、傘を差していても雨粒が肌に重なっていった。体操服が前を向いたまま、俺の姉ちゃんってさ、全部が嘘っぽいんだよな、映画観て泣く時もその画面写真に撮って、誰かに送るとかして、魚が死んだ時だって泣きながらずっと携帯触ってたし、本当に悲しいんじゃないんだよ。そういうところは僕にもある、と少年は思った。パフォーマンスなんじゃない、と兄が答えた。

スーパーの前の細い木には、白い毛で長い脚をした犬が繋がれていて、飼い主のいる建物をじっと振り返って立っている。お父さんたちは、冷たい酒を買いに飲み物売り場に行ってしまった。子どもたちはガチャガチャを見たり、衣料品コーナーで服をバサバサ触ったりしていた。五歳が急に黙り足もとの水たまりを踏まないように避けて、漏れた、と下を向いて言った。揺らすともっと出てしまうとでも思うのか、子どもたちはしばらく動かなかった。僕もこのくらいの時、漏らしたことあるよ、と元気づけるために少年は言ってみたが、これはまあ言わなくても良かったとすぐに反省した。次温泉だしさ、ちょうどいいよ、ズボンも黒いしと体操服が励ました。目を離した父さんたちが悪いな、と兄が言い、こう過失だけが目立つなら子育ては大変だ、というようなことを少年は思った。子どもたちは手分けして、立ちはだかって地面の濡れたのを隠し、トイレに連れていき五歳の服を絞り、取ってきたトイレットペーパーを急いで引き出して、被せて吸い取るなどした。

俺が最近一番恥ずかしかったのは、教室で、俺に向けてじゃないのに、遠い席の仲良くない奴が、大声で誰かに何か聞いてて、俺が答えなきゃ、と思って大声で返事しちゃったんだよな、でもどう言ったかももう覚えてないんだけど、と体操服が言った。周りも、どうしちゃったの、って感じで、と続けると、神様からのメッセージだったんじゃないの、それ、と兄が答えた。探しにきたお父さんは五歳を大声で叱り、店員の前で漏らした場所を指差させ、子どもたちの静かな対応は無駄になった。脱衣所でも、五歳に向かってお父さんが、いつまで漏らすんだ、と言うのを少年は聞いた。降ったり止んだりだな、と体の泡を流しながら、前髪の薄いお父さんが少年の方を向いて笑った。でもやっぱり九月は暑さがマシだな、と濡れたタオルを頭の後ろの方に被せ、低い風呂の椅子で膝に肘をつき座って俯いた。雨が止むまで時間稼ぎ、と言い、大人たちはゆっくり入っていた。

帰ると、タープは屋根のあるところに干され、骨と皮だけ。

僕、寝る前に氷を一個、口に入れてベッドに行かないと眠れないんだよね、どうしよう、と弟は言ってから、少年の持っている茶色い手提げの紙袋を指差し、その大きいの何、と尋ねた。捨てる物、学校とかで作った物、と少年は答え、お父さんたちが氷買ってるんじゃないかな、お酒用に、とアドバイスした。うん、聞いたけどもうないんだって、と弟は少年の横で靴を履き、外の、飲み物入れてたクーラーボックスの氷なら、きれいと思うんだよねと、少年の腕を取った。お母さん働いてて、大きな緑地公園のね、洋館の中にいる係の人なの、外側は白と緑で、叫べば外に届くように、窓はいつも開いてるんだけど、端にあるから全然人が来ないからね、僕が行くとすごく喜ぶの、だから、よく行くの、履き替えるスリッパが滑るから、あんまり好きじゃないんだけど、展示物が、初めて行った時から増えてることはないんだけど、洋館から出るとお母さんは玄関で手をずっと振ってて、お母さんが、あそこに閉じ込められてます、って言って走り出しそうになる、あんなにお喋りが好きなのに、と弟が言った。少年の母親は、自分の削げた胸を見たくないので、風呂の電気を点けずに入る。

クーラーボックスは木の椅子の上に無事見つかり、ちゃんと中に氷も浮かんでいる。弟は、それ捨てにいくんだよね、ゴミ置き場?でも、二人じゃちょっと怖いね、遠いもんと紙袋に目をやる。学校が楽しくないって言ったら母さんが、悲しそうにこれ渡してきたんだよね、束にして、と少年は母親の顔を思い出しながら言った、私は学校なんて、楽しいと思って行ったことないけどね、って。弟は頷き、一人で捨てたい?と聞いた。燃やせるかなと思って来たんだよね、キャンプだから、でも夕飯の時はお父さんたちもいたし、火はもう消しちゃったし、と少年は答えた。兄ちゃんに聞いてみようか、と弟が言うので、頼りにしているんだ、と思いながら少年は頷いた。部屋に戻りみんなに紙袋を見せる、五歳が、落ち着きなく体を上下させている。しっこ、大丈夫かと兄が聞いてやる。体操服は大きな紙袋の中を覗き込み、どっか家の近くで捨てたら良かったのに、ここまで持ってこなくても、と遠慮がちに言った。こんな多いしさ、スーパーとかは無理だし、学校とか家でもないし、ここには母さん来ないからチャンスかなって、保育園の頃のからずっと置いてあるんだよ、いらないのにと少年は答えた。今晴れてるし、燃やすかと体操服が言った。子どもたちは食事の火を起こした場所に移動した。タープは畳んでしまっているので屋根はもうなく、厚く暗い空が見えた。

子どもたちの細く頑丈そうな手が薪を組んだ、空気は湿っていたがライターの火はちゃんと大きくなり、頰を火照らせ笑い合った。火は時々小さい爆発を起こしながら育っていく、五歳の顔を明るくする。少年は横に立つ、背の高い花を触ってみる、森の湿気で体の内側はびしょ濡れだ。作文の束は燃えるだろうけど、たとえばこの、貯金箱は燃えるわけ？分解？と体操服が、手のひら大のを持って振っている。プラスチックの土台の芯に紙粘土だけど、粘土は燃えるよな？こういうの、僕も作った、と兄が指差す。大人なんて、エコの授業も受けてないんだもんな、父さんたちは受けてる世代なんじゃない、と言い合った。少年は火の輪郭を眺める、細い腕の毛に、埃がまとわりついている。夜に外の空気を吸うと幼稚園のお泊り保育を思い出す、と兄が言う。風呂はもう、家で入ってから集合して、みんなが半袖のパジャマで、いつもの公園も違って見えた、遊具の高く鎖に繋がれた、色の剝げた輪が浮いてて、一人だけ点呼に間に合わなくて、たぶんあれは忘れられて置いてかれた。兄ちゃん友だち少ないもんな、と弟が言い、幼稚園の途中で引っ越してきたんだからしかたないだろ、と兄が小突いた。読書感想文は初めに焼いて、と少年は頼み、みんなが頷いた。紙を開いては小さな火に被せ、千切っては投げ、伸び伸びと大きく腕を動かした。

小雨が、と体操服が言い、両手で受け止めるようにしてみんなが確認する。火が消えるからまだ残ってる分はさ、もうここに置いといてもいいんじゃない、死骸だって置いたままなんだから、木や紙なんだから、と弟が言った。五歳は分かったような顔で頷いていた。でも、と少年が言い淀む、雨が強く降ってきた。子どもたちは近くに捨てられている様子の、ポップアップ式のテントに潜り込む、小さなピンクの、円形の屋根が丸く覆う。じゃあさ、俺が持って帰って捨ててやるよ、ここで千切ればお前も読まれる心配ないだろ、と体操服が提案した。雨の滴る部分を避けながら固まって座り、子どもたちは紙を破っていく。これいいじゃん、と兄が大きな絵を指差す。透明の窓ってこう描けばいいのか、中の景色をちょっと歪ませるわけね、ずらせばいいんだと一人で頷いていた。貯金箱なんかはもうこのまま分別しないで捨てとくぜ、いいだろと体操服が聞き、少年は頷いた。

俺が小さくしてやると言いながら、五歳が貯金箱を濡れ続ける土の上に置く、何も言わずにテントから飛び出し、片脚で土と一緒に踏みつける。徒競走のゴールで競っているかのように、胸を突き出している。軽い貯金箱の粘土部分が剝がれて飛び、芯の空洞から離れていく。いいの？と兄が聞いてくれるが、少年は助けにいくこともなくそれを見つめる。持ってきた茶色い袋にもう一度、バラバラになったのを詰めながら、俺の姉ちゃんも全部置いといてるよ、でも自分で選んで、いるのだけ置いといたらいいんじゃねえかな、と体操服が言った。僕、いつもはベッドに入る直前に手洗わなきゃ気が済まないんだけどさ、今日は大丈夫な気がする、自分がそんなにきれいでもないと思えば、気にならないんだな、ずっとキャンプしてればいいのかな、と兄が手を眺めて言った。ＬＩＮＥ交換しとく？と体操服が携帯を取り出す。五歳が、携帯持ってないと首を振るので、持ってない、まあそうか、持ってないか、と体操服は自分のをポケットに仕舞った、父さんたちが友だちなんだし、まあそうか、いいか。

弟は氷、と言って青と白のクーラーボックスを開き、浮かぶ氷の中から手頃なかけらを取り出し、水道で洗ってから口に入れる。においのする布団にみんなでシーツをかける、隣に眠る五歳の、横向き寝の頬が下に垂れている。小さな電子音のようなのが聞こえるが、五歳のいびきと同時に鳴るので、気管のどこかが震えているだけなのだろう。疲れていたので、横たわると体自体が布団になったみたいで、少年もすぐに眠った。適温が分からず、考えて少し開けていた窓からは冷気が入り込み、明け方からはやはり寒かった。起きると、雨が柄になった網戸の向こうから、昨日より強くなった雨音が聞こえる。みんなで円になり、バンガロー内で火は焚けないので、朝食のピザは炙ることもせずに冷えたまま食べた。結構古かったな、男同士で、きれいなホテルに泊まるもないけどな、とお父さんたちが言い合っていた。押したり引いたりする風が窓を叩く。アクア、ノア、フリード、シエンタに、水滴とかで、少し重さの変わった荷物と共にみんな乗り込んでいく。大した別れの言葉も言わず、それぞれの特徴を持った後ろ姿で帰っていく。

解説

石井千湖（書評家）

言葉を上手に使うとは、どういうことだろう。

井戸川射子は「この世の喜びよ」で第一六八回芥川賞を受賞した時に、こんな「受賞のことば」を寄せている。

言葉を、すごく上手に使いたい、流れていき楽しい、固定でき楽しい、言葉は忘れないでいようとする祈り、より合わす縄、借りて返し馴染んでいく布、素晴らしく長い距離を飛ぶことのできる、それ同士でぶつかり渡りと繁殖を続ける鳥、生まれてずっと真上から降り注いできた明かり、みんなの痕跡、私のことなど置いてどこか行ってしまう、誰かを守る丈夫な膜、吐き出しても体に少しは残るだろう、きっとどこかで生き延びるだろう、私の体は言葉ではない、あなたも言葉ではない、でも今たとえば私はあなたの前に、言葉として存在している、言葉は一緒になって笑ってはくれないが、私の中から出てくる、自分の考えだけでパンパンの頭を通過する、あなたの前に、言葉として登場できて嬉しい、何か言って、上手に伝われば楽しい。

読点を多用した長い長い一文は詩のようだ。そういえば、井戸川射子が中原中也賞を受賞した詩集『する、されるユートピア』に入っている「ニューワールド」という詩にも〈言葉をすごく上手に使いたい〉という一節がある。

「この世の喜びよ」は、言葉の使い方がかなり不器用な人の話だ。ショッピングセンターの喪服売り場で働く中年女性とフードコートに入りびたっている少女の交流を〈あなた〉という二人称で語る。大人が子どもと友だちになろうとして失敗する話と言ってもいいかもしれない。

〈あなた〉は穂賀という名字で、二人の娘がいる。上の娘は社会人、下の娘は大学生だ。少女は十五歳。家に帰ると一歳の弟の面倒を見なければならない。二人はおそらく三十歳くらい年齢が離れている。

少女は〈あなた〉よりも上手に言葉を使う。たとえば、少女が飲みものをこぼした時、〈あなた〉が使い古しのタオルをあげて、二人が初めて会話する場面。〈あなた〉は〈毎日来てたってつまらないでしょ、何も変わらなくて〉と話しかける。〈バレッタの。喪服売り場の、いつもバレッタしてる方の〉と少女は言う。少女は〈あなた〉が誰か認識していた。責められたように感じた〈あなた〉が言い訳めいたことを口にすると〈バレッタ、別に今ダサくないよ。もう一人はミニスカの人でしょ〉〈でもミニスカで美脚第一なのかと思えば、運動靴みたいなん履いてるんだよね〉と続ける。

その前に〈あなた〉がミニスカをはいている同僚の加納さんのふるまいを観察しているくだりがある。〈あなた〉は加納さんのようではありたくない。嫌っているとまでは言えない違和感。〈あなた〉に寄り添っている語り手と読者だけが知っている気持ちを、少女は何も聞かず数少ない言葉で肯定するのだ。

打ち明けてもいないのに共感してもらえた〈あなた〉は、もっと少女と話したくなる。少女は公園で弟を遊ばせる時間に見るものがなさ過ぎてつまらないと愚痴をこぼす。〈あなた〉も娘たちが小さい時に経験しているはずだけれども、アドバイスを求められても答えられない。〈暇な時にはいつも思い出しているはずの、幼い頃のあの子たちの姿も、誰かに語ろうとすれば飛んでいってしまう〉から。

〈あなた〉の中は伝えられないままの言葉でいっぱいになっている。溜まっている言葉が、記憶が、水のイメージと重なる。

まずは冒頭。〈あなた〉は従業員休憩室におすそ分けとして置いてある柚子を二つ手にとる。娘たちがお風呂に入る時一つずつ持たせられるように大きさと重さを吟味する。ゆず湯にするのだろう。〈あなた〉の分の柚子はない。自分よりも娘を優先して、二人を平等に扱おうと頑張っている母親であることがわかる。

風呂の話は何度か出てくる。大学生の時に付き合っていた相手と湯船に入っていて〈女の子の胸って水中で踏むと気持ちいいんだよね〉と言われたこと。娘たちと一緒にスーパー銭湯に行った時の出来事。いずれも印象深い。

それから〈あなた〉が喪服売り場の棚の上にある一輪挿しを眺めながら〈体にもこの花瓶のように水が入っているということ〉を思い出すくだりがある。〈あなた〉は少女とのやりとりでも〈生理、生む時に出てくるの、母乳、産後の悪露《おろ》、おりもの、女の体は痛みと出ていく水が多過ぎるよね〉と言う。〈あなた〉は体の中にある水を意識しているのだ。

他にも少女の目に盛り上がる涙、釣り堀、ペットショップの魚コーナーなど、さまざまな水がある。

水といえば、井戸川射子が野間文芸新人賞を受賞した『ここはとても速い川』を想起する。表題作は、川の近所で暮らす子どもたちの話だ。川はひとりでに流れている。〈俺〉という一人称で語られる子どもの知覚や感情にも流れがある。〈俺〉の声が、〈俺〉の見ている世界が、読んでいる自分の中に直接流れ込んでくるような語りだった。

「この世の喜びよ」にも川が出てくる。〈あなた〉が家出した娘たちを迎えに行った帰りの新幹線。〈近くから見守り過ぎて、昔は主語や人称さえ混ざってしまっていた〉二人が、自分の知らない人間になっていることを発見する場面だ。

　窓から見える景色をもう二人は見ておらず、でもあなたは大きな川があれば前のめりの姿勢で眺めた、水の流れも自分を重たがるように進んでいた。雲の真後ろに太陽がいて、眩しいオレンジ色の線で縁取っていた。

〈水の流れも自分を重たがるように進んでいた〉という表現がいい。〈あなた〉と水の流れが一体化したような感じがする。そして、ふと思う。この小説が二人称で語られているのは、娘たちから切り離された〈あなた〉が、まだ〈私〉になりきれていないからではないか。母親ではない自分を確立できていなくて、他者と対等なコミュニケーションがとれない。孤独な〈あなた〉を語り手は見守っているのだ。

水の流れを眺めたあと、不思議なことに〈あなた〉は少しだけ言葉を上手に使えるようになる。少女は〈あなた〉を友だちとして扱う。クリスマスイブに二人が食事をするところは多幸感がある。長くは続かないのだが……。

関係に亀裂が入って疎遠になっても〈あなた〉はなんとか少女に言葉を伝えたいと思う。子どもとの友情に執着する大人は恐ろしくもあるが、なぜ〈あなた〉が必死になるかというと、少女が絶望しているからだ。自分の存在が希望にならないことはわかっている。それでも未来はあると伝えたいという祈り。最後は〈あなた〉の中に満ちた言葉が、あふれ出そうとする。痛みをともないながら〈私〉の言葉が生まれ落ちる瞬間を祝福している。

本書には表題作の「この世の喜びよ」の他に、二つの短編が収録されている。

「マイホーム」は一歳半の双子の母親である〈彼女〉が、家族と離れてモデルハウスに宿泊体験する話だ。ここにも川が出てくる。〈なるほどですね〉が口癖のハウスメーカーの社員の名前が荒川なのだ。終盤に明らかになる〈彼女〉と川の関係も面白い。
「キャンプ」は少年がキャンプに行って、過去に作った工作や読書感想文を燃やす話。井戸川射子流の『スタンド・バイ・ミー』だ。川は出てこないけれども雨が降る。

前述した「ニューワールド」という詩は、こんな言葉でしめくくられる。

語は個々に着色される波で、追い抜かされそうになる、分からない、まだ全部は生まれていない、川のようにされたところ、少しでも早く流れ出ようとするフレーズに囲まれている、存在する、を引き受けているだけで意味はあるはずで、川、戻らずいつもニューワールドです。

言葉を上手に使うとは、何かを分かりやすく説明することではない。戻らない川のような時間の流れの中で、既知の言葉を並べ替えることによって、新しい世界を作ることだ。
芥川賞受賞後第一作は、『共に明るい』という短編集。表題作では〈誰か〉を主語にして視点を固定せず、バスの中の情景を描くことに挑んでいる。二〇二四年十月には、初長編『無形』を上梓する。古い団地で暮らす人々の話だ。詩でも小説でも、井戸川射子の言葉は、過去を慈しみ、今を鮮やかにうつしとり、未来に開かれている。

本書は二〇二二年十一月、小社より単行本として刊行されました。

|著者| 井戸川射子　1987年生まれ。関西学院大学社会学部卒業。2018年、第一詩集『する、されるユートピア』を私家版にて発行。'19年、同詩集にて第24回中原中也賞を受賞。'21年、『ここはとても速い川』で第43回野間文芸新人賞受賞。'23年、本書で第168回芥川賞受賞。著書に『共に明るい』（講談社）、『する、されるユートピア』（青土社）、『遠景』（思潮社）がある。

この世《よ》の喜《よろこ》びよ

井戸川射子《いどがわいこ》

2024年10月16日第1刷発行
2025年3月4日第4刷発行

発行者――篠木和久
発行所――株式会社　講談社
東京都文京区音羽2-12-21　〒112-8001
電話　出版（03）5395-3510
　　　販売（03）5395-5817
　　　業務（03）5395-3615

Printed in Japan

講談社文庫
定価はカバーに表示してあります

KODANSHA

デザイン―菊地信義
本文データ制作―講談社デジタル製作
印刷―――株式会社KPSプロダクツ
製本―――株式会社KPSプロダクツ

ISBN978-4-06-536959-3

講談社文庫刊行の辞

二十一世紀の到来を目睫に望みながら、われわれはいま、人類史上かつて例を見ない巨大な転換期をむかえようとしている。

世界も、日本も、激動の予兆に対する期待とおののきを内に蔵して、未知の時代に歩み入ろうとしている。このときにあたり、創業の人野間清治の「ナショナル・エデュケイター」への志を現代に甦らせようと意図して、われわれはここに古今の文芸作品はいうまでもなく、ひろく人文・社会・自然の諸科学から東西の名著を網羅する、新しい綜合文庫の発刊を決意した。

激動の転換期はまた断絶の時代である。われわれは戦後二十五年間の出版文化のありかたへの深い反省をこめて、この断絶の時代にあえて人間的な持続を求めようとする。いたずらに浮薄な商業主義のあだ花を追い求めることなく、長期にわたって良書に生命をあたえようとつとめるところにしか、今後の出版文化の真の繁栄はあり得ないと信じるからである。

同時にわれわれはこの綜合文庫の刊行を通じて、人文・社会・自然の諸科学が、結局人間の学にほかならないことを立証しようと願っている。かつて知識とは、「汝自身を知る」ことにつきていた。現代社会の瑣末な情報の氾濫のなかから、力強い知識の源泉を掘り起し、技術文明のただなかに、生きた人間の姿を復活させること。それこそわれわれの切なる希求である。

われわれは権威に盲従せず、俗流に媚びることなく、渾然一体となって日本の「草の根」をかたちづくる若く新しい世代の人々に、心をこめてこの新しい綜合文庫をおくり届けたい。それは知識の泉であるとともに感受性のふるさとであり、もっとも有機的に組織され、社会に開かれた万人のための大学をめざしている。大方の支援と協力を衷心より切望してやまない。

一九七一年七月

野間省一

伊与原　新　コンタミ　科学汚染

稲葉圭《よし》昭《あき》　恥　さ　ら　し〈北海道警　悪徳刑事の告白〉

稲葉博《ひろ》一《いち》　忍　者　烈　伝

稲葉博一　忍者烈伝ノ続

稲葉博一　忍　者　烈　伝ノ乱〈天之巻〉〈地之巻〉

伊岡　瞬　桜の花が散る前に

石川智健　エウレカの確率〈経済学捜査と殺人の効用〉

石川智健　60《ロクジユウ》〈誤判対策室〉

石川智健　20《ニジュウ》〈誤判対策室〉

石川智健　第三者隠蔽機関

石川智健　いたずらにモテる刑事の捜査報告書

石川智健　ゾ　ン　ビ　3.0

井上真《ま》偽《ぎ》　その可能性はすでに考えた

井上真偽　聖　女　の　毒　杯〈その可能性はすでに考えた〉

井上真偽　恋と禁忌の述語論理《プレディケット》

泉　ゆたか　お師匠さま、整いました！

泉　ゆたか　お江戸けもの医　毛玉堂

泉　ゆたか　玉《たま》の　輿《こし》　猫〈お江戸けもの医　毛玉堂〉

伊兼源太郎　地　検　の　S

伊兼源太郎　S　が　泣　い　た　日〈地検のS〉

伊兼源太郎　S　の　幕　引　き〈地検のS〉

伊兼源太郎　巨　　　悪

伊兼源太郎　金　庫　番　の　娘

逸木　裕　電気じかけのクジラは歌う

今村翔吾　イ　ク　サ　ガ　ミ　天

今村翔吾　イ　ク　サ　ガ　ミ　地

今村翔吾　イ　ク　サ　ガ　ミ　人

今村翔吾　じ　ん　か　ん

入月英一　信長と征《ゆ》く　1・2〈転生商人の天下取り〉

磯田道史　歴史とは靴である

石原慎太郎　湘　南　夫　人

井戸川射子　ここはとても速い川

井戸川射子　この世の喜びよ

五十嵐律人　法　廷　遊　戯

五十嵐律人　不　可　逆　少　年

五十嵐律人　原因において自由な物語

一色さゆり　光　を　え　が　く　人

石沢麻依　貝に続く場所にて

一穂ミチ　スモールワールズ

一穂ミチ　うたかたモザイク

伊藤穰一　〈増補版〉教養としてのテクノロジー〈AI、仮想通貨、ブロックチェーン〉

市川憂人　揺籠《ゆりかご》のアディポクル

五十嵐貴久　コンクールシェフ！

稲川淳二　稲　川　怪　談〈昭和・平成傑作選〉

稲川淳二　稲　川　怪　談〈昭和・平成・令和　長編集〉

石井ゆかり　星占い的思考

石田夏穂　ケ　チ　る　貴　方

内田康夫　シーラカンス殺人事件

内田康夫　パソコン探偵の名推理

内田康夫　「横山大観」殺人事件

内田康夫　江田島殺人事件

内田康夫　琵琶湖周航殺人歌

内田康夫　夏　泊　殺　人　岬

内田康夫　「信濃の国」殺人事件

内田康夫　風　葬　の　城

内田康夫　透　明　な　遺　書

内田康夫　鞆《とも》の浦《うら》殺人事件

講談社文庫　目録

神楽坂　淳　うちの旦那が甘ちゃんで 5
神楽坂　淳　うちの旦那が甘ちゃんで 6
神楽坂　淳　うちの旦那が甘ちゃんで 7
神楽坂　淳　うちの旦那が甘ちゃんで 8
神楽坂　淳　うちの旦那が甘ちゃんで 9
神楽坂　淳　うちの旦那が甘ちゃんで 10
神楽坂　淳　うちの旦那が甘ちゃんで〈鼠小僧次郎吉編〉
神楽坂　淳　うちの旦那が甘ちゃんで〈寿司屋台編〉
神楽坂　淳　うちの旦那が甘ちゃんで〈飴どろぼう編〉
神楽坂　淳　帰蝶さまがヤバい 1
神楽坂　淳　帰蝶さまがヤバい 2
神楽坂　淳　ありんす国の料理人 1
神楽坂　淳　あやかし長屋〈嫁は猫又〉
神楽坂　淳　妖怪犯科帳〈あやかし長屋2〉
神楽坂　淳　夫には殺し屋なのは内緒です
神楽坂　淳　夫には殺し屋なのは内緒です 2
加藤元浩　捕まえたもん勝ち！〈七夕菊乃の捜査報告書〉
加藤元浩　量子《クオンタム》人間からの手紙〈捕まえたもん勝ち！〉
加藤元浩　奇科学島の記憶〈捕まえたもん勝ち！〉

梶永正史　銃の啼《な》き声〈潔癖刑事・田島慎吾〉
梶永正史　潔癖刑事　仮面の哄笑《こうしょう》
川内有緒　晴れたら空に骨まいて
柏井　壽《ひさし》　月岡サヨの小鍋茶屋〈京都四条〉
柏井　壽　月岡サヨの板前茶屋〈京都四条〉
神永　学　悪魔と呼ばれた男
神永　学　悪魔を殺した男
神永　学　青の呪い〈心霊探偵八雲〉
神永　学　心霊探偵八雲 INITIAL FILE〈魂の素数〉
神永　学　心霊探偵八雲 INITIAL FILE〈幽霊の定理〉
神永　学　心霊探偵八雲1 完全版〈赤い瞳は知っている〉
神永　学　心霊探偵八雲2 完全版〈魂をつなぐもの〉
神永　学　心霊探偵八雲3 完全版〈闇の先にある光〉
神津凛子　スイート・マイホーム
神津凛子　マ　マ
神津凛子　サイレント　黙認
加茂隆康　密告の件、Mへ
柿原朋哉　匿《とく》名《めい》
川和田恵真　マイスモールランド

垣谷美雨　あきらめません！
岸本英夫　死を見つめる心〈ガンとたたかった十年間〉
北方謙三　試みの地平線〈伝説復活編〉
北方謙三　抱　影
菊地秀行　魔界医師メフィスト〈怪屋敷〉
桐野夏生　新装版 顔に降りかかる雨
桐野夏生　新装版 天使に見捨てられた夜
桐野夏生　新装版 ローズガーデン
桐野夏生　ＯＵＴ(上)(下)
桐野夏生　ダーク(上)(下)
桐野夏生　猿の見る夢
京極夏彦　文庫版 姑獲鳥《うぶめ》の夏
京極夏彦　文庫版 魍魎《もうりょう》の匣《はこ》
京極夏彦　文庫版 狂骨《きょうこつ》の夢《ゆめ》
京極夏彦　文庫版 鉄鼠《てっそ》の檻《おり》
京極夏彦　文庫版 絡新婦《じょろうぐも》の理《ことわり》
京極夏彦　文庫版 塗仏《ぬりぼとけ》の宴《うたげ》—宴の支度
京極夏彦　文庫版 塗仏の宴—宴の始末
京極夏彦　文庫版 百鬼夜行—陰

京極夏彦　文庫版 百器徒然袋—雨
京極夏彦　文庫版 百器徒然袋—風
京極夏彦　文庫版 今昔続百鬼—雲
京極夏彦　文庫版 陰《おん》摩《も》羅《ら》鬼《き》の瑕《きず》
京極夏彦　文庫版 邪《じゃ》魅《み》の雫
京極夏彦　文庫版 今昔百鬼拾遺—月
京極夏彦　文庫版 鵼《ぬえ》の碑《いしぶみ》
京極夏彦　文庫版 死ねばいいのに
京極夏彦　文庫版 ルー＝ガルー〈忌避すべき狼〉
京極夏彦　文庫版 ルー＝ガルー2〈インクブス×スクブス 相容れぬ夢魔〉
京極夏彦　文庫版 地獄の楽しみ方
京極夏彦　分冊文庫版 姑獲鳥《うぶめ》の夏(上)(下)
京極夏彦　分冊文庫版 魍魎《もうりょう》の匣《はこ》(上)(中)(下)
京極夏彦　分冊文庫版 狂骨《きょうこつ》の夢《ゆめ》(上)(中)(下)
京極夏彦　分冊文庫版 鉄鼠《てっそ》の檻《おり》 全四巻
京極夏彦　分冊文庫版 絡新婦《じょろうぐも》の理《ことわり》 全四巻
京極夏彦　分冊文庫版 塗仏《ぬりぼとけ》の宴《うたげ》 宴の支度《したく》(上)(中)(下)
京極夏彦　分冊文庫版 塗仏《ぬりぼとけ》の宴《うたげ》 宴の始末《しまつ》(上)(中)(下)
京極夏彦　分冊文庫版 陰《おん》摩《も》羅《ら》鬼《き》の瑕《きず》(上)(中)(下)

京極夏彦　分冊文庫版 邪魅《じゃみ》の雫(上)(中)(下)
京極夏彦　分冊文庫版 ルー＝ガルー〈忌避すべき狼〉(上)(下)
京極夏彦　分冊文庫版 ルー＝ガルー2〈インクブス×スクブス 相容れぬ夢魔〉(上)(下)
北森　鴻　親不孝通りラプソディー
北森　鴻　花の下にて春死なむ〈香菜里屋シリーズ1〈新装版〉〉
北森　鴻　桜　宵〈香菜里屋シリーズ2〈新装版〉〉
北森　鴻　螢　坂〈香菜里屋シリーズ3〈新装版〉〉
北森　鴻　香菜里屋を知っていますか〈香菜里屋シリーズ4〈新装版〉〉
北村　薫　盤上の敵〈新装版〉
木内一裕　藁の楯
木内一裕　水の中の犬
木内一裕　アウト&アウト
木内一裕　キッド
木内一裕　デッドボール
木内一裕　神様の贈り物
木内一裕　喧嘩猿
木内一裕　バードドッグ
木内一裕　不愉快犯
木内一裕　嘘ですけど、なにか?

木内一裕　ドッグレース
木内一裕　飛べないカラス
木内一裕　小麦の法廷
木内一裕　ブラックガード
木内一裕　バッド・コップ・スクワッド
北山猛邦　『クロック城』殺人事件
北山猛邦　『アリス・ミラー城』殺人事件
北山猛邦　私たちが星座を盗んだ理由
北山猛邦　さかさま少女のためのピアノソナタ
北　康利　白洲次郎 占領を背負った男(上)(下)
貴志祐介　新世界より(上)(中)(下)
岸本佐知子 編訳　変《ヘン》愛《アイ》小説集
岸本佐知子 編　変愛小説集 日本作家編
木原浩勝　文庫版 現世《うつしよ》怪談(一) 主人の帰り
木原浩勝　文庫版 現世怪談(二) 白刃の盾
木原浩勝　増補改訂版 もう一つの「バルス」〈―宮崎駿と「天空の城ラピュタ」の時代―〉
木原浩勝　増補改訂版 ふたりのトトロ〈―宮崎駿と「となりのトトロ」の時代―〉
喜国雅彦 国樹由香　メフィストの漫画
喜国雅彦 国樹由香　本格力〈本棚探偵のミステリ・ブックガイド〉

2024年12月13日現在